四时之美

丰子恺节令书

丰子恺 著

长江出版社
CHANGJIANGPRESS

为尊重作者原著，本书未进行现代语法处理，均保留作者当时用法。

青年与自然[①]（代序）

丰子恺

英诗人瓦资瓦斯（华兹华斯）（Wordsworth）的诗里说道："嫩草萌动的春天的田野所告我们的教训，比古今圣贤所说的法语指示我们更多的道理。"这正是赞美自然对人的感化力，又正是艺术教育的简要的解说，吾人每当花晨月夕，起无限的感兴。人生精神的发展，思想的进步，至理的觉悟，已往的忏悔，未来的企图：一切这等的动机，大都在这等花晨月夕的感兴中发生的。青年受自然的感化和暗示最多。青年是人生最中坚的、最精彩的、最有变化的一部分。青年一步步地踏进成人的境域去的时候，对于他们所天天接近而最不解的自然，容易发生种种的能动的疑问。这等疑问唤起了他们的无限的感想，这感想各人不同，各用以影响到

① 本篇曾载于1922年12月1日浙江上虞春晖中学校刊《春晖》第3号，署名：子恺。

自己的意志和行为。在孩儿时代，是感观主宰的时代，那时对自然所起的感情大都是受动的。在成人时代，阅世较深，现实的境遇比较的固定，自然的感化也鲜能深入他们的肺腑，但不过有时引起一时的感兴。唯有极盛的青年期受自然的感化最多。

吾人所常接近的自然，如日月星辰，山川花木等，其中花和月最与人亲。在自然中，月仿佛是慈爱的圣母Maria（马利亚），花仿佛是绰约的女神Aphrodite（阿佛洛狄忒），常常对人作温和的微笑。

青年与月

吾人一切的感觉，最初是由“光”而起的。所以光的感化人比其他一切更大。例如曙光、晨星等，足以唤起人的宗教心。人对于光的注目，也比对其他一切更易。小孩生后数小时，就有明暗的感觉，数日，便能欢迎适当的光，半年，就能对洋灯[①]微笑。这可以证明人类对光本来是欢迎的。不但幼时，成人喜光的证据也很多。例如妇人们不惜千金去购金刚石、明玉，蛮人集玻璃片或种种发光的东西来妆饰，都可以证明凡人是生来有爱光的共通性的。

月是有光物体的一种。月的光有一种特有的性质，是天体中最切实的有兴味的东西，所以月给予青年的影响更大。

（一）月是宗教的感情的必要的创造者。在幻觉时代的孩儿，见了挂在天空中的明净的白玉盘，每起奇妙的无顿

① 洋灯，旧时对煤油灯的称呼。

着[①]的空想。所谓活物主义，便是他们把月拟人，以为月是太阳的亲戚，对月唱歌，对月舞蹈。他们以月为友，且以为月也是以友情对待儿童的，欢喜儿童在他月面歌舞，否则他便嫌寂寞。又或想象月里有神，有孩子群，有玩具。或梦想身入月中，和月同游。在小儿话或歌中，常可以见到这种幻觉，到了十四五岁以后的青年期，变为更有力的感情。精神正当发达的青年对这神秘的、不可思议的月亮所起的感想，是最有同情的关系于青年的精神的宗教的感情生活的。又青年对这纯洁无疵的月亮所起的感情，是最有密接的联络于青年的道德的生活的。儿童时代对月的荒唐的"空想"的本身，到青年时变形为"思慕""畏敬"和"求爱"，儿童时代的月中的存在的空想，到了青年期也变了一种力——自发的陶冶身心的力了。

精神发达的青年，对月所起的感想，关于客观的月的感想少，关于因对月而生起的主观方面的感想更多。夜本来是一日的最深沉的、最幽邃的一部分，就是一日的神秘的时间，又可说是人的退省时间。有月的夜，更容易诱起人的沉思和遐想。望月的人心灵似乎暂时脱离人境，逍遥于琼楼高处，因之此时外界的感触几于绝灭，内部的精神十分明了。此时往往诱起对于高泛的生命的无限的希望，将心灵迫近向宗教去。所以各人种的起初，大都以月为崇拜的对象，这感情到后来就变为对于"神"和"真""善""美"的感情。

（二）月暗示"爱"　月的团圞的形、月的温柔的光和

① 无顿着，日文中此三汉字，意为"漫不经心"。

月下的天国似的世界，凡关于月的东西，无不和青年的神圣的“爱”相调和，且同性质的。心底爱的世界的状态，可以拿月夜的银灰色的世界来代表的。所以月夜的青年，容易被唤起爱的感情：月下追念亡父母或友人，在月中看出亡父母或友人的容颜。或者月下隐闻亡父母或友人的语声，又或想起离别的恋人或挚友，乞月的传言寄语，在诗词中所常见的。“多磨恋爱”（stormy love）的青年，因月的感化，足以维持纯洁的精神，不致流于堕落或自弃。“多磨恋爱”的青年女子，往往对月暗诉她的困难的心事，向月祈愿，用这慰藉来鼓励她的勇气，维持她的希望。在实际上，这泛爱的月真是慈母似的佑护青年，真已完全酬答青年对月的祈愿了。试看瑞烟笼罩的大地上，万人均得浴月的柔光。这正是表示月的泛爱，且助人与人的爱。

（三）月狂　因月怀乡，因月生愁，或中夜不寐，或对月涕泣等事，美国斯当来·霍尔氏说是一种精神病，称为“月狂”。这种状态在青年期最多。境遇坎坷的青年，漂泊的青年，最易罹这病。原来月光有一种抽发人心的愤懑的力。人见月就惹起怨恨和愤懑。诗中所谓“举头望明月，低头思故乡”，是见月伤漂泊的诗。类此者颇多。血气方刚的青年，胸中藏着的幽愤，在日里为外界的感触所阻抑，郁积于内，遇到这种力，就发泄出来，甚者便月狂。此时优美的月色在这等青年们的眼里，已变为所谓“伤心色”了。这病影响于消化、发育、睡眠、健康很大。

青年与花

幼儿最初的美感是对于花的美感。因为花有美的姿态、可爱的色彩、芳香的气味。在自然物中，是最足以惹人注意的东西。花在下界的地位，仿佛月在天空。幼儿对花，完全是幻觉的。他们与花接吻、抱花、为花祈雨。这种拟人的态度，到青年期仍是大部分残存着。人类生来就爱花，因此花及于人的影响自然也大。

（一）青年对花的同情：幼儿时代对花的拟人的态度的形式，到青年时代还残存着，不过内容变易了。幼儿对花是客观的纯粹的活物主义，青年则带几分主观的色彩。在对花所起的感情的背面，同时起一种对于自身的感触。因为花与青年——特别是女子——在各点上相类似的：生命的丰富、色彩的繁荣、元气的旺盛等，都相类似。花可说是青年的象征，所以青年对花分外有同情，分外爱花。爱花便是他们的自爱。花遭难时，更易得青年的同情。所谓“惜花”“葬花”，实在是他们的自伤。所谓“花开堪折直须折，莫待无花空折枝”实在是他们的自励。因这同情，青年对花大都是拟人的。不过这拟人的态度的内容和孩儿时代的拟人的内容不同，青年的拟人对花，实在是因花生起别种联想。少女与花，有更密切的相似点。因之对花容易使人起淑女的联想。所谓“解语花”“薄命花”“轻薄桃花”等，都是以花喻女的，又如Moore（穆尔）的诗中所谓“All her lovely companions are faded and gone……”（“她那些可爱的姐妹，早已不在枝头上……”）也是以花比少女。这样的例不少。少女自己，也是默认花是自己的表号的。她们爱花、栽花、采花，又簪花、吻花，这种举动的背面，隐着少女们的一种自觉——这样明媚鲜妍的自然的精华，正是我们女性的表号。

人生青年时代犹四季的春天，故曰青春。在时期的关系上，青年与花已有相同的境遇。又青年时代的一切思想感情等精神界的发达，都极绮丽发扬，与花的妩媚极合。因此青年见花仿佛是同调的知交，自然地发生同情。

（二）花给予青年道德的感想：花的形质的清雅不凡，使青年起道德的思想。花的形色，表示人生的复杂的象征：例如就色而论，白色表示纯洁，赤色表示爱情和繁荣，紫色有王者的象征。就形而论，桃花梅花表示复杂的统一，菊花表示整齐，玫瑰花牡丹花表示结构的调和，紫藤花等表示变化的统一。这等象征，在不知不觉之间给青年道德的暗示。菊花的凌霜，梅花的耐寒，对人也有一种孤高纯洁的暗示，山间的花、水溪的花、人迹绝少到的地方的花，也同样地开颜发艳、不求人知。这给人更高尚的暗示，引起人的超然遗世的感想。诗所谓：“涧户寂无人，纷纷开且落。”读之引起人对于自然的神秘的探究心，终于崇敬自然的神秘，感入自己的心身。女子受花的道德的暗示，更大于男子。

（三）花给予青年美的感情：青年的艺术修养方面，得益于花的感化不少。花实在是自然界的精英，是自然美中的最显著的。拉斯京（罗斯金）说：“见了一大堆火药爆发，或一处陈列十分华丽的商店，一点也没有可以赞美的价值；

见了花苞的开放，倒是极有赞美的价值的。”花在实用上，效用极少，不过极少数的几种作药品等用，此外大都是专供装饰的。然而实际上，装饰用的花赐予人们的恩惠真非浅鲜。青年因花而直接陶冶美的感情，又间接影响于道德。无论家庭学校，凡青年所居的地方，皆宜有花，这是艺术教育上最有价值的事件。实利的家庭，以种花为虚空无益的事。实利的学校，养鸡似的待遇学生，更不梦想到青年的直观教育的重大。所谓“爱情的只影也不留的、仓库似的校舍”，实在是对于青年的直觉能力的修养给予破坏的感化的。艺术教育发达的国学校园内的栽植和宿舍内的花卉布置，极郑重从事的。即使在都会的、地面狭窄的学校，也必设小巧的花台或窗头的盆栽。在实利的人们看来以为虚饰，独不知这是学生的精神的保护者。

要之，月和花的本身是“美”，月和花对青年是“爱”。青年对花月——对一切自然——不可不使自身调和于这美和爱，且不可不“有情化”这等自然。“有情化”了这等自然，这等自然就会对青年告说种种的宝贵的教训。不但花月，一切自然，常暗示我们美和爱：蝴蝶梦萦的春野，木疏风冷的秋山，就是路旁的一草一石，倘用了纯正的优美又温和的同感的心而照观，这等都是专为我们而示美，又专为我们而示爱的。优美的青年们！近日秋月将圆，黄花盛开。当月色横空、花荫满庭之夜，你们正可以亲近这月魄花灵，永结神圣之爱！

十一（1922）年十月在白马湖上月下。

春

立春

新年 / 004

新年小感 / 007

雨水

春 / 012

赤栏桥外柳千条 / 016

惊蛰

三只扁豆秧 / 023

蜜蜂 / 025

春分

铁马与风筝 / 031

清明

清明 / 038

谷雨

惜春 / 044

梦痕 / 050

立夏

养蚕时节 / 060
西湖船 / 063

小满

看灯 / 071
鼓乐 / 074

芒种

芒种的歌 / 080

夏至

爸爸的扇子 / 086
钓鱼 / 091

小暑

蛙鼓 / 096
蝌蚪 / 103

大暑

盛夏的某晚 / 113
热天写稿 / 114

夏

秋

立秋

立秋一过 / 120
月的大小 / 121

处暑

钱江看潮记 / 127
庐山面目 / 132

白露

山中避雨 / 140
葡萄棚下 / 145

秋分

秋 / 146
胡桃云片 / 150
秋的星座及其传说 / 154

寒露

蟹 / 175
清晨 / 181

霜降

看残菊有感 / 188
落叶 / 192
欲穷千里目，更上一层楼 / 197

冬

立冬

初冬浴日漫感 / 202
爆炒米花 / 205

小雪

初雪 / 210

大雪

独揽梅花扫腊雪 / 217

冬至

甘美的回味 / 224
酒令 / 231

小寒

炉边闲思 / 234
吃瓜子 / 237

大寒

寄寒衣 / 246
松柏凌霜竹耐寒 / 251

儿童不知春　问草何故绿

春

春的景象，只有乍寒、乍暖、忽晴、忽雨是实际而明确的。此外虽有春的美景，但都隐约模糊，要仔细探寻，才可依稀仿佛地见到，这就是所谓「寻春」罢。

除夜

立春

2月3—5日

正月节。立，建始也，五行之气往者过来者续干此，而春木之气始至，故谓之立也。

初候，东风解冻。二候，蛰虫始振。三候，鱼陟负冰。

新年[①]

从无始到无终，时间浩荡地移行着，本无所谓快慢。但在人的感觉上，时间划分了段落似觉过得快些，同时感到爽快；混沌地移行似觉过得慢些，同时感到沉闷。这好比音乐：许多音漫无分别地连续奏下去，冗长而令听者感觉厌倦；若分了乐章、乐段、乐句，划了小节，便有变化，而令人感觉快适了。

自然的时间划分，是寒暑与昼夜。一寒一暑为一年，一昼一夜为一日。但由寒到暑，由暑到寒，微微地逐渐推移，浑无痕迹。人类嫌它冗长、散漫，便加以人工的划分。把一年划分为四季、十二个月，以求变化。阴历的月虽以月亮的一圆一缺为标准，但月亮的圆缺在实际上毕竟没有什么重大的影响，初一的白昼与十五的白昼并无分别。阳历的月就不管月亮的圆缺了，故十二个月只能说是人工的划分。一个月有三十次昼夜，人类又嫌其冗长、散漫。再加以更细的划分，以七天为一星期。这样一来，日子过起来爽快得多，转瞬又是星期日。来

①本篇曾载1934年1月《中学生》第41号，当时题名为《新年的快乐》。收入作者自编的《缘缘堂随笔》（人民文学出版社1957年11月初版）时仍用《新年的快乐》。收入本书时稍加改动，改名《新年》。

了四个星期日，便是一个月。假使没有星期的划分，一个月中同样的昼夜反复三十次，岂不厌倦？所以家居的人时常感到沉闷，度学校生活的人便觉得星期飞也似的过去。在地理书上看到一年中有数个月的长昼与长夜的两极地方的情形，谁也同情于他们的生活的苦闷。

但在昼夜一日一来复的温带上的生活中，一昼夜之间没有划分，仍嫌其冗长。便把它平分为十二时，或二十四小时。又把一小时分作六十分，一分分作六十秒。本来浑成一气的时间，现在就被切得粉碎，而部署为许多节段了。这样一来，人的度日就有了变化，而不觉其长。像学校的生活，一个上午划分作四个时间，一段时间内又划出五十分钟授课，十分钟休息。上课复休息，休息复上课，不知不觉之间，一上午过去，午膳的钟声已经响出了。小学校近来改用一刻钟或半小时为一课，划分尤为琐碎。儿童生活兴味旺盛，不能忍耐长时间的连续。给他们把时间这样细碎地划分了，他们便觉变化繁多，而不嫌其长，因而读书也有兴味了。古昔生活悠闲的诗人，春昼无事，静观默坐，便谓“日长如小年”。患失眠症的人觉得长夜漫漫，坐牢监的人度日如年。但生活繁快的人只觉“光阴如箭”“日月如梭”。这虽是叹惜时间度送太忙的话，但当其度送之时，翻着日历写信，看着手表吃饭，抱着闹钟睡觉，只觉时间的经过变化百出，应接不暇，因而发生兴味，不觉沉闷之苦。这好比听赏节奏复杂而拍子急速的音乐，因其变化丰富，听者就不嫌乐曲之长。

可知时间划分愈细，感觉上过去愈快，生活上兴味愈多。故“快”就是“乐”，生活的快乐称为“快活”。人生一方面求寿命之长，一方面又求生活过去之快，两者看似矛盾，而其实无妨。因为这是在实际上求寿命之长，而在感觉上求生活过去之快。人工的时间划分，便是在感觉上求生活过去之快的一法。

新年，也是在混沌的寒暑推移中用人工划分出来的时间的段落。虽然根据地球绕日的周期而定，然并不完全正确。阴历尤多参差。且在日子表面看来，大晦日与元旦同是冬令的一天[①]，并无什么差别可以看出。所以也只能说是人工的划分。有了这划分，年的界限便判然，人的生活便觉爽快。有了这划分，人就可在元旦这一天的早上，兴致勃然地叫道：“新年开始了！”“恭贺新禧！”“发财发财！”好像从这一日起，天上换了一个新的太阳。

新年是一年中最快乐的时间，应该说些快乐的话。但想来想去，也只是由时间划分而来的这一点，此外没有别的快乐可说，在这国难民穷的时候。

廿二（1933）年十二月七日于浙江。[②]

① 大晦日，日文汉字中此三字意即除夕。——编者注。

② 本文篇末原未署日期。这里所署的日期是发表在《中学生》上时篇末所署。——编者注。

新年小感[1]

我自从有知以来，已经过了四十几个新年。我觉得新年之乐，好像一支蜡烛，越点越短。点了四十几年，只剩下一段蜡烛芯子，横卧在一摊蜡烛油里，明灭残光，眼见得就要消逝了！

我儿时，新年是一年中最快乐的时期。快乐的原因，在于个个人闲，个个人新，个个人快乐。从元旦起，真好比天上换了一个新太阳，人间换了一种新的空气。

我家是开染坊店的。一年四季，早上拔开店板，晚上装上店板；白天主顾来往，晚上店员睡觉，不容我们儿童去打扰的。只有到了元旦，店板白天也不开，只在中间拔去一块板，使天光照进店堂，店堂就变了儿童和大人们的游戏场了。店员个个空闲，吃饱了饭，和我们儿童一起游戏，打年锣鼓，掷骰子，推牌九，踢毽子，放炮竹，捉迷藏……邻家的人，亲戚家的人，大大小小，都可参加，来者不拒。从这天起，人与人之间的关系似乎另换了一套：一向板脸的管账先生，如今也把嘴巴拉开，来同我们掷骰子了。一向拒绝小孩子到店堂里来的伙

---

① 本篇曾载《大美晚报》。

计，如今也卷起袖子，来帮我们放爆竹了。甚至一向要骂小孩子的隔壁的老爹爹，也露出了两三颗牙齿，来和我们打锣鼓了。这样的狂欢，一直延续半个月。

走到街上，家家闭户，店店关门，好似紧急警报中。但见满街穿新衣的人，红红绿绿，花花样样，大大小小，男男女女，没有一个人的嘴巴不拉开，没有一个人的袋里没有钱。茶馆里，酒店里，烧卖摊上，拥挤着许多新衣服，望过去好像油画家的调色板。老头子都穿着闪亮的天青缎子马褂，在街上踱方步。老太婆都穿红绸绵袄，上面罩一件翠蓝短衫，底下露出一大段红绸，招摇过市。乡村里的女人，这一天全体动员，浮出在大街上；个个身上裹着折印很明显的新衣裳，脸上的香粉涂得同戏台上的曹操一样白。青年小伙子们穿着最时髦的一字襟背心，花缎袍子，游蜂浪蝶似的东来西去，贪看粉白黛绿，评量环肥燕瘦。女人们在这一天特别大方，“目眙不禁，握手无罚”。总之，所有的人，在元旦这一天，不是做人而是做戏了。这样的做戏，一直延续半个月。

一年一度，这样的戏剧性狂欢，在人生实在是很需要的。好比一支乐曲，有了节奏，有了变化，趣味丰富得多。可惜四十年来，因了政治不清明，社会组织不良，弄得民不聊生。新年的欢乐，到现在已经不绝如缕了。我不想开倒车，回到古昔；我但望有另一种合于现代人生的新的节奏，新的变化，来调剂我们年中生活的沉闷。目前的人的生活，尤其是都会人的生活，实在太枯燥了，太缺乏戏剧的成分了。三百六十六日，天天同样，孜孜兀兀，一直到死，这人生岂不太单调，太机械，太不像“人生”吗？

然而人生总是人生。人生的幸福可由人自己制造出来。物极必反，人生苦到了极点，必定会得福。好比长夜必定会天亮一样。新年之乐的蜡烛已经快点完了。不要可惜已经点去的部分，还是设法换一枝新的更长大的蜡烛；最好换一盏长明灯，光明永远不熄。

卅六（1947）年十二月廿五日于杭州。

杨柳青粪如金

雨水

2
月
18
|
20
日

正月中。天一生水，春始属木，然生木者，必水也，故立春后继之雨水。

初候，獭祭鱼。二候，候雁北。三候，草木萌动。

春

春是多么可爱的一个名词！自古以来的人都赞美它，希望它长在人间。诗人，特别是词客，对春爱慕尤深。试翻词选，差不多每一页上都可以找到一个春字。后人听惯了这种话，自然地随声附和，即使实际上没有理解春的可爱的人，一说起春也会觉得欢喜。这一半是春这个字的音容所暗示的。“春！”你听，这个音读起来何等铿锵而惺忪可爱！这个字的形状何等齐整妥帖而具足对称的美！这么美的名字所隶属的时节，想起来一定很可爱。好比听见名叫“丽华”的女子，想来一定是个美人。

然而实际上春不是那么可喜的一个时节。我积三十六年之经验，深知暮春以前的春天，生活上是很不愉快的。

梅花带雪开了，说道是漏泄春的消息。但这完全是精神上的春，实际上雨雪霏霏，北风烈烈，与严冬何异？所谓迎春的人，也只是瑟缩地躲在房栊内，战栗地站在屋檐下，望望枯枝一般的梅花罢了！

再迟个把月吧，就象现在：惊蛰已过，所谓春将半了。住在都会里的朋友想象此刻的乡村，足有画图一般美丽，连忙写信来催我写春的随笔。好像因为我偎傍着春，惹他们妒忌似的。其实我们住在乡村间的人，并没有感到快乐，却生受了种种的不舒服：寒暑表激烈地升降于三十六度至六十二[①]度之间。一日之内，乍暖乍寒。暖起来可以想起都会里的冰淇淋，寒起来几乎可见天然冰，饱尝了所谓“料峭”的滋味。天气又忽晴忽雨，偶一出门，干燥的鞋子往往拖泥带水归来。“一春能有几番晴”是真的；“小楼一夜听春雨”其实没有什么好听，单调得很，远不及你们都会里的无线电的花样繁多呢。春将半了，但它并没有给我们一点舒服，只教我们天天愁寒，愁暖，愁风，愁雨。正是“三分春色二分愁，更一分风雨”！

春的景象，只有乍寒、乍暖、忽晴、忽雨是实际而明确的。此外虽有春的美景，但都隐约模糊，要仔细探寻，才可依稀仿佛地见到，这就是所谓“寻春”罢？有的说“春在卖花声里”，有的说“春在梨花”，又有的说“红杏枝头春意闹”，但这种景象在我们这枯寂的乡村里都不易见到。即使见到了，肉眼也不易认识。总之，春所带来的美，少而隐；春所带来的不快，多而确。诗人词客似乎也承认这一点，春寒、春困、春愁、春怨，不是诗词中的常谈么？不但现在如此，就是再过个把月，到了清明时节，也不见得一定春光明媚，令人极乐。倘又是落雨，路上的行人将要“断魂”呢。

① 三十六，六十二，均指华氏度。

可知春徒美其名，在实际生活上是很不愉快的。实际，一年中最愉快的时节，是从暮春开始的。就气候上说，暮春以前虽然大体逐渐由寒向暖，但变化多端，始终是乍寒乍暖，最难将息的时候。到了暮春，冬天的影响方才完全消灭，而一路向暖。寒暑表上的水银爬到temperate（温和）上，正是气候最temperate的时节。就景色上说，春色不须寻找，有广大的绿野青山，慰人心目。古人词云："杜宇一声春去，树头无数青出。"原来山要到春去的时候方才全青，而惹人注目。我觉得自然景色中，青草与白雪是最伟大的现象。造物者描写"自然"这幅大画图时，对于春红、秋艳，都只是略蘸些胭脂、朱磦，轻描淡写。到了描写白雪与青草，他就毫不吝惜颜料，用刷子蘸了铅粉、藤黄和花青而大块地涂抹，使屋屋皆白，山山皆青。这仿佛是米派山水的点染法，又好象是Cézanne（塞尚）风景画的"色的块"，何等泼辣的画风！而草色青青，连天遍野，尤为和平可亲、大公无私。花木有时被关闭在私人的庭园里，吃了园丁的私刑而献媚于绅士淑女之前。草则到处自生自长，不择贵贱高下。人都以为花是春的作品，其实春工不在花枝，而在于草。看花的能有几人？草则广泛地生长在大地的表面，普遍地受大众的欣赏。这种美景，是早春所见不到的。那时候山野中枯草遍地，满目憔悴之色，看了令人不快。必须到了暮春，枯草尽去，才有真的青山绿野的出现，而天地为之一新。一年好景，无过于此时。自然对人的恩宠，也以此时为最深厚了。

讲求实利的西洋人，向来重视这季节，称之为May（五月）。May是一年中最愉快的时节，人间有种种的娱乐，即所谓May-queen（五月美人）、May-pole（五月彩柱）、May-games（五月游艺）等。May这一个字，原是“青春”“盛年”的意思。可知西洋人视一年中的五月，犹如人生中的青年，为最快乐、最幸福、最精彩的时期。这确是名副其实的。但东洋人的看法就与他们不同：东洋人称这时期为暮春，正是留春、送春、惜春、伤春，而感慨、悲叹、流泪的时候，全然说不到乐。东洋人之乐，乃在“绿柳才黄半未匀”的新春，便是那忽晴、忽雨、乍暖、乍寒、最难将息的时候。这时候实际生活上虽然并不舒服，但默察花柳的萌动，静观天地的回春，在精神上是最愉快的。故西洋的“May”相当于东洋的“春”。这两个字读起来声音都很好听，看起来样子都很美丽。不过May是物质的、实利的，而春是精神的、艺术的。东西洋文化的判别，在这里也可窥见。

一九三四年三月十二夜十时。

赤栏桥外柳千条[①]

日丽风和的一个下午，独自在西湖边上彷徨。暂时忘记了时间，忘记了地点，甚至忘记了自身，而放眼观看目前的春色，但见绿柳千条，映着红桥一带，好一片动人的光景！古人诗云："赤栏桥外柳千条。"昔日我常叹赏它为描写春景的佳句。今日看见了它的实景，叹赏得愈加热烈了。但是，这也并非因为见了诗的实景之故，只因我忘记了时间，忘记了地点，甚至忘记了自身，所见的就是诗人的所见；换言之，实景就是诗，所以我的叹赏能愈加热烈起来。不然，凶恶的时代消息弥漫在世界的各处，国难的纪念碑矗立在西湖的彼岸，也许还有人类的罪恶充塞在赤栏桥畔的汽车里，柳荫深处的楼台中，世间有什么值得叹赏呢？从前的雅人欢喜管领湖山，常自称为"西湖长"、"西湖主"。做了长，做了主，哪里还看得见美景？恐怕他们还不如我一个在西湖上的游客，能够忘怀一切，看见湖上的画意诗情呢！

但是，忘怀一切，到底是拖着肉体的人所难以持久的事。

① 本篇曾收入作者的《艺术与人生》一书，改题为《红与绿》。曾载1936年4月11日、12日《申报》。

“赤栏桥外柳千条”之美，只能在一瞬间使我陶醉，其次的瞬间就把我的思想拉到艺术问题上去。红配着绿，何以能使人感到美满?细细咀嚼这个小问题，彷徨中的心也算有了一个着落。

据美学者说，色彩都有象征力，能作用于人心。人的实际生活上，处处盛用着色彩的象征力。现在让我先把红绿两色的用例分别想一想看：据说红象征性爱，故关于性的曰“桃色”。红象征婚姻，故俗称婚丧事曰“红白事”。红象征女人，故旧称女人曰“红颜”、“红妆”。女人们自己也会很巧妙地应用红色：有的把脸孔涂红，有的把嘴唇涂红，有的把指爪涂红，更有的用大红作衣服的里子，行动中时时闪出这种刺目的色彩来，仿佛在对人说：“我表面上虽镇静，内面是怀抱着火焰般的热情的啊！”爱与结婚，总是欢庆的，繁荣的。因此红又可象征尊荣。故俗称富贵曰“红”。中国人有一种特殊的脾气：受人银钱报谢，不欢喜明明而欢喜隐隐，不欢喜直接而欢喜间接。在这些时候，就用得着红色的帮助，只要把银钱用红纸一包，即使明明地送去，直接地送去，对方看见这色彩自会欣然乐受。这可说是红色的象征力的一种妙用！然而红还有相反的象征力：在古代，杀头犯穿红衣服，红是罪恶的象征。在现代，车站上阻止火车前进用红旗，马路上阻止车马前进用红灯，红是危险的象征，义旗大都用红，红是革命的。苏联用红旗的，人就称苏联曰“赤俄”，而谨防她来“赤化”。同是赤，为什么红纸包的银钱受人欢迎，而赤化遭人大忌呢?

这里似乎有点矛盾。但从根本上想，亦可相通：大概人类又对于红色的象征力的认识，始于火和血。火是热烈的，血是危险的。热烈往往近于危险，危险往往由于热烈。凡是热情，生动，发展，繁荣，力强，激烈，危险等性状，都可由火和血所有的色彩而联想。总之，红是生动的象征。

绿象征和平。故车站上允许火车前进时用绿旗，马路上允许车马前进时用绿灯。这些虽然是人为的记号，其取用时也不无自然的根据。设想不用红和绿而换两种颜色，例如黄和紫，蓝和橙，就远不及红和绿的自然，又不容易记忆，驾车人或将因误认而肇事亦未可知。只有红和绿两色，自然易于记忆。驾车人可从灯的色彩上直觉地感到前途的状况，不必牢记这种记号所表示的意味。人的眼睛与身体的感觉，巧妙地相关联着。红色映入眼中，身体的感觉自然会紧张起来。绿色映入眼中，身体的感觉自然会从容起来。你要见了红勉强装出从容来，见了绿勉强装出紧张来，固无不可；然而不是人之常情。从和平更进一步，绿又象征亲爱。故替人传达音信的邮差穿绿衣。世界语学者用象征和平亲爱的绿色为标识。都是很有意义的规定。大概人类对于绿色的象征力的认识，始于自然物。像今天这般风和日丽的春天，草木欣欣向荣，山野遍地新绿，人意亦最欢慰。设想再过数月，绿树浓荫，漫天匝地，山野中到处给人张着自然的绿茵与绿幕，人意亦最快适。故凡欢慰、和乐、平静、亲爱、自然、快适等性状，都可由自然所有的色彩而联想。总之，绿是安静的象征。

红和绿并列使人感到美观，由上述的种种用例和象征力可推知。红象征生动，绿象征安静。既生动而又安静，原是最理想的人生。自古以来，太平盛世的人，心中都有这两种感情饱和地融合着。目前的“赤栏桥外柳千条”的色彩，正是太平盛世的象征。

这也可从色彩学上解说：世间一切色彩，不外由红黄蓝三色变化而生。故红黄蓝三者称为“三原色”。三原色各有其特性：红热烈，黄庄严，蓝沉静。每两种原色相拼合，成为“三间色”，即红黄为橙，红蓝为紫，黄蓝为绿。三间色亦各有其特性：橙是热烈加庄严，即神圣；紫是热烈加沉静，即高贵；绿为庄严加沉静，即和平也。如此屡次拼合，则可产生无穷的色彩，各有无穷的特性。今红与绿相配合，换言之，即红与黄蓝相配合。对此中三原色俱足。换言之，即包含着世间一切色彩。故映入人目，感觉饱和而圆满，无所偏缺。可知红绿对比之所以使人感觉美满，根本的原因在于三原色的俱足，然三原色俱足的对比，不止红绿一种配合而已。黄与紫（红蓝），蓝与橙（红黄），都是俱足三原色的。何以红与绿的配合特别美满呢？这是由于三原色性状不同之故。色彩中分阴阳二类，红为阳之主；色彩中分明暗二类，红为明之主；色彩中分寒暖二类，红为暖之主。阳强于阴，明强于暗，暖强于寒。故红为三原色中最强者，力强于黄，黄又力强于蓝。故以黄蓝合力

（绿）来对比红，最为势均力敌。红蓝（紫）对比黄次之。红黄（橙）对比蓝又次之。从它们的象征上看，也可明白这个道理：热烈、庄严与沉静，在人的感情的需要上，也作顺次的等差。热烈第一，庄严次之，沉静又次之。重沉静者失之柔，重庄严者失之刚。只有重热烈者，始得阴阳刚柔之正，而合于人的感情的需要，尤适于生气蓬勃的人的心情。故朴厚的原始人欢喜红绿；天真的儿童欢喜红绿，喜庆的人欢喜红绿；受了丽日和风的熏陶，忘怀了时世的忧患，而彷徨于西湖滨的我，也欢喜“赤栏桥外柳千条”的色彩的饱和，因此暂时体验了盛世黎民的幸福的心情。

可惜这千条杨柳不久就妥摇落变衰。只恐将来春归夏尽，秋气萧杀，和平的绿色尽归乌有，单让赤栏桥的含有危险性的色彩独占了自然界，而在灰色的环境中猖獗起来。然而到那时候，西湖上将不复有人来欣赏景色，我也不会再在这里彷徨了。

二十五[1936]年三月十八日作，曾登《申报》。

惊蛰

3月5—7日

二月节。蛰，言发蛰也。万物出乎震，震为雷，故曰惊蛰。是蛰虫惊而出走矣。

初候，桃始华。二候，仓庚鸣。三候，鹰化为鸠。

静看檐蛛结网低　无端妨碍小虫飞

三只扁豆秧

一

花台里生出三枝扁豆秧来。我把它们移种到一块空地上，并且用竹竿搭一个棚，以扶植它们。每天清晨为它们整理枝叶，看它们欣欣向荣，自然发生一种兴味。

那蔓好像一个触手，具有可惊的攀缘力。但究竟因为不生眼睛，只管盲目地向上发展，有时会钻进竹竿的裂缝里，回不出来，看了令人发笑。有时一根长条独自脱离了棚，颤袅地向空中伸展，好像一个摸不着壁的盲子，看了又很可怜。这等时候便需我去扶助。扶助了一个月之后，满棚枝叶婆娑，棚下已堪纳凉闲话了。

有一天清晨，我发见豆棚上忽然有了大批的枯叶和许多软垂的蔓，惊奇得很。仔细检查，原来近地面处一支总干，被不知什么东西伤害了。未曾全断，但不绝如缕。根上的养分通不上去，凡属这总干的枝叶就全部枯萎，眼见得这一族快灭亡了。

这状态非常凄惨，使我联想起世间种种的不幸。

一九三三年九月。

生机

蜜蜂[①]

正在写稿的时候，耳朵近旁觉得有“嗡嗡”之声，间以“得得”之声。因为文思正畅快，只管看着笔底下，无暇抬头来探究这是什么声音。然而“嗡嗡”，“得得”，也只管在我耳旁继续作声，不稍间断。过了几分钟之后，它们已把我的耳鼓刺得麻木，在我似觉这是写稿时耳旁应有的声音，或者一种天籁，无须去探究了。

等到文章告一段落，我放下自来水笔，照例伸手向罐中取香烟的时候，我才举头看见这“嗡嗡”“得得”之声的来源。原来有一只蜜蜂，向我案旁的玻璃窗上求出路，正在那里乱撞乱叫。

我以前只管自己的工作，不起来为它谋出路，任它乱撞乱叫到这许久时光，心中觉得有些抱歉。然而已经挨到现在，况且一时我也想不出怎样可以使它钻得出去的方法，也就再停一会儿，等到点着了香烟再说。

我一边点香烟，一边旁观它的乱撞乱叫。我看它每一次钻，先飞到离玻璃一二寸的地方，然后直冲过去，把它的小头

① 本篇曾载1935年4月《文饭小品》第3期。

在玻璃上“得，得”地撞两下，然后沿着玻璃“嗡嗡”地向四处飞鸣。其意思是想在那里找一个出身的洞。也许不是找洞，为的是玻璃上很光滑，使它立脚不住，只得向四处乱舞。乱舞了一回之后，大概它悟到了此路不通，于是再飞开来，飞到离玻璃一二寸的地方，重整旗鼓，向玻璃的另一处地方直撞过去。因此“嗡嗡”“得得”，一直继续到现在。

我看了这模样，觉得非常可怜。求生活真不容易，只做一只小小的蜜蜂，为了生活也须碰到这许多钉子。我诅咒那玻璃，它一面使它清楚地看见窗外花台里含着许多蜜汁的花，以及天空中自由翱翔的同类，一面又周密地拦阻它，永远使它可望而不可即。这真是何等恶毒的东西！它又仿佛是一个骗子，把窗外的广大的天地和灿烂的春色给蜜蜂看，诱它飞来。等到它飞来了，却用一种无形的阻力拦住它，永不使它出头，或竟可使它撞死在这种阻力之下。

因了诅咒玻璃，我又羡慕起物质文明未兴时的幼年生活的诗趣来。我家祖母年年养蚕。每当蚕宝宝上山的时候，堂前装纸窗以防风。为了一双燕子常要出入，特地在纸窗上开一个碗来大的洞，当作燕子的门，那双燕子似乎通人意的，来去时自会把翼稍稍敛住，穿过这洞。这般情景，现在回想了使我何等憧憬！假如我案旁的窗不用玻璃而换了从前的纸窗，我们这蜜蜂总可钻得出去。即使撞两下，也是软软的，没有什么苦痛。求生活在从前容易得多，不但人类社会如此，连虫类社会也如此。

我点着了香烟之后就开始为它谋出路。但这是一件很不容易的事。叫它不要在这里钻，应该回头来从门里出去，它听不懂我的话。用手硬把它捉住了到门外去放，它一定误会我要害它，会用螯反害我，使我的手肿痛得不能工作。除非给它开窗；但是这扇窗不容易开，窗外堆叠着许多笨重的东西，须得先把这些东西除去，方可开窗。这些笨重的东西不是我一人之力所能除去的。

于是我起身来请同室的人帮忙，大家合力除去窗外的笨重的东西，好把窗开了，让我们这蜜蜂得到出路。但是同室的人大家不肯，他们说："我们做工都很疲倦了，哪有余力去搬重物而救蜜蜂呢？"我顿觉自己也很疲倦，没有搬这些重物的余力。救蜜蜂的事就成了问题。

忽然门里走进一个人来和我说话。为了不能避免的事，我立刻被他拉了一同出门去，就把蜜蜂的事忘却了。等到我回来的时候，这蜜蜂已不见。不知道是飞去了，被救了，还是撞杀了。

廿四（1935）年三月七日于杭州。

民间之春

春分

3月20—22日

二月中。分者，半也。此当春时九十日之半，故谓之分。正阴阳适中，故昼夜无长短云。

初候，元鸟至。二候，雷乃发声。三候，始电。

折取一枝城里去　教人知道是春深

铁马与风筝[1]

春分节到了。爸爸的书房搬到楼上。

这是爸爸的习惯：每年春初庭中的柳树梢上有鸟儿开始唱歌了，爸爸的书房便搬到楼上，与寝室合并。直到春尽夏来，天气渐热，柳梢上的鸟儿唱歌疲倦了，他再搬到楼下去。爸爸是爱听鸟儿唱歌的。它们唱得的确好听。尤其是在春天的早晨，我们被它们的歌声从梦中唤醒，感觉非常愉快。因为它们的歌调都是愉快的。有一个春晨，爸爸对我说："你晓得鸟儿的声音像什么？"我说："像唱歌。"他说："不很对。歌有时庄严，有时悲哀，有时雄壮，不一定是愉快的。它们的声音无时不愉快，所以比作唱歌，不完全对。我看这好比'笑'。鸟是会笑的动物，而且一天笑到晚的。倘说像唱歌，它们所唱的都是game song（游戏歌），或sweet song（甜歌），一定不是'三民主义吾党所宗'[2]之类的歌。"

今天星期日，早晨我被另一种音乐唤醒。这好像是一种婉转的歌声，合着清脆的乐器伴奏。倾耳静听，今天柳梢上黄

① 本篇曾载于1937年3月10日《新少年》第3卷第5期。

② 这是国民党的党歌，取其曲调严肃之意。

莺声特别闹热。这大概是为了今天晨光特别明朗的缘故；但也许是为了今天这里另有一种叮叮咚咚的伴奏声的原故。但这叮叮咚咚究竟是什么声音呢？我连忙起身，跟着声音去寻。寻到爸爸的房间的楼窗边，看见窗外的檐下挂着一个帽子口大的铁圈，铁圈周围挂着许多钟形的小铜片，春晨的和风吹来，铜片互相碰击，发出清脆的叮叮咚咚，自然地成了莺声的伴奏。

这是爸爸今年的新设备，名叫“铁马”。昨天晚上才挂起来，今天早上我第一次听见它的声音。早饭时我问爸爸：“铁马有什么用？”爸爸说：“在实用方面讲，这是报风信的。天起风了，铁马咚咚地响起来，我们就知道天起风。”我说：“还有在什么方面讲呢？”爸爸说：“还有，在趣味方面讲，这是耳朵的一种慰安。我们要知道天起风，倘不讲趣味而专讲实用，只要买一只晴雨表，看看就知道。或者只要在屋上装一只风车，看见它转动了，就知道天起风。但我们希望在‘知道’事实以外又‘感到’一种情调，即在实用以外又得一种趣味。于是想出‘铁马’这东西来，使它在报告起风的时候发出一种清朗的音，以慰藉人的耳朵。所以这铁马好比鸟声，也是一种‘自然的音乐’。我们的生活环境中，有许多自然的音乐，不论好坏，都有一种影响及于我们的感情，比形状色彩所及于我们的影响更深。因为声音不易遮隔，随时随地送入人耳。”

这时候，赶早市的种种叫卖声从墙外传到我们的食桌上：“卖——芥——菜！”“大——饼——油——炸——

桧！”“火——肉——粽——子！”音调各异，音色不同，每一声给人一种特异的感觉，全体合起来造成了一种我家的早晨的情趣。我听到这种声音，会自然地感到这是早晨。我想这些也是自然的音乐，不过音乐的成分不及莺声或铁马声那么多。我把这意思说出，引起了姆妈的话，

姆妈说："他们叫卖的时候很准确。我常常拿他们的喊声来代替自鸣钟呢，听见'油沸豆腐干'喊过，好烧夜饭了。听见'猪油炒米粉'喊过，好睡觉了。而且喊得也还好听，不使人讨嫌。最使我讨嫌的是杭州的卖盐声：'盐——'像发条一样卷转来，越卷越紧，最后好像卷断了似的。上海的卖夜报也讨嫌，活像喊救火，令人直跳起来。"

爸爸接着说："你们把劳工的叫声当作音乐鉴赏，太'那个'了！"

姆妈火冒起来，挺起眼睛说道："你自己说出来的！什么'自然的音乐，自然的音乐！'还说我们'那个'？"

爸爸立刻赔笑脸，答道："'那个'我又没有说出！你不必生气。把叫卖声当作自然的音乐，不仅是你。"他改作讲故事的态度，继续说："日本从前有个名高的文学家——好像是上田敏，我记不正确了——也曾有这样听法。日本东京市内有一种叫卖豆腐的担子，喊的是'托——夫'（即豆腐）两个字。其音调和缓、悠长，而有余音，好像南屏晚钟的音调。每天炊前，东京的小巷里到处有这种声音。善于细嚼生活情味的

从前的东洋人，尤其是文学家上田敏，真把此种叫卖声看作黄莺、铁马一类的自然的音乐。有一次，东京的社会上提倡合作，有人提议把原有的豆腐担尽行取消，倡办一个大量生产的豆腐制造所，每天派脚踏车挨户分送豆腐。据提议者预算，豆腐价格可以减低不少。可是反对的人很多，上田敏攻击尤力。他的理由是：这办法除使无数人失业而外，又摧残日本原有的生活情调，伤害大和民族性的优美。他用动人的笔致描写豆腐担的叫卖声所给予东京市内的家庭的美趣。确认此改革为得不偿失。两方争论的结果如何，我不详悉。孰是孰非，也不去说它。总之，我们的环境中所起的声音有很大的影响及于我们的感情和生活，是我所确信的。譬如今天早上，我听了铁马和黄莺的合奏，感到一种和平幸福面生趣蓬勃的青春的气象，心境愉快，一日里做事也起劲得多。早餐也可多吃一碗。”

我对于这些话都有同感。兴之所至，不期地说道：“我今天放起风筝来要加一把鹞琴，让它在空中广播和平的音。”

爸爸表示很赞成。但姆妈说：“当心削开了手指！”

早餐后我去访华明，约他下午同去放风筝，并要他在上午来相帮我制一把鹞琴。他都欣然地同意，陪我出门，先到竹匠店里买两根长约三尺的篾，拿回我家，就在厢房里开始工作。我们把一根篾的篾青削下来，用小刀刮得同图画纸一样薄。然后把另一根篾弯成弓形，把那片篾青当作弓弦，扎成一把弓。华明握住了弓背在空中用力一挥，那篾青片发出“嗡嗡”的声音，鹞琴就成功了。

下午，风和日暖，华明十二点半就来，拿了风筝和鹞琴，立等我盥洗。我草草地洗了脸，把口琴和昨天姐姐从中学里寄来的新歌谱，藏在衣袋里了，匆匆跟他出门。我们走到土地庙后面高堆山上，把风筝放起。待它放高了，收些鹞线下来，把鹞琴缚在离开鹞子数丈的鹞线上，然后尽量地放线。鹞琴立刻响起来，嗡嗡地，殷殷地，在晴空中散播悠扬浩荡的美音，似乎天地一切都在那里同它共鸣了！

把鹞线的根缚在一块断碑上了，我们不消管守。我们两人可倚在碑脚上闲坐。我摸出口琴来，开始练习姐姐寄我的《风筝》③歌。这是她新近在中学校里学得的，《开明音乐教本》第二册里的一首歌。她把五线谱翻成了口琴用的简谱寄给我。我按谱吹奏下去，曲儿果然很好听。其轻快和飘逸的趣味，尤其适合目前的情景。口琴的音衬着鹞琴的音，犹似晨间所闻的黄莺声衬着铁马声，我也感到一种和平幸福而生趣蓬勃的青春的气象。

但是吹到最后一句，我停顿了。因为这一句里有一个高半音的fa字，我吹遍了口琴的二十三孔，吹不出这个音来。这怎么办呢？回去问了爸爸再练习。现在且换一个纯熟一点的轻快的小曲来点缀这一片春景吧。

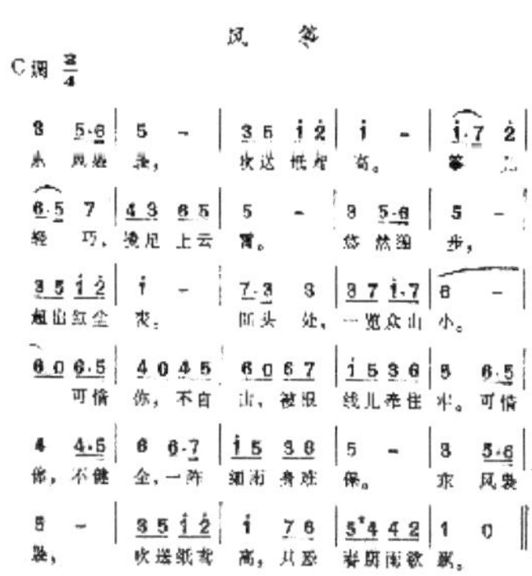

寒食近也　且住为佳

清明

4月4—6日

三月节。万物齐乎巽，物至此时皆以洁齐而清明矣。

初候，桐始华。二候，田鼠化为鴽。三候，虹始见。

清明[①]

清明例行扫墓。扫墓照理是悲哀的事。所以古人说："鸦啼雀噪昏乔木，清明寒食谁家哭。"又说："佳节清明桃李笑，野田荒冢只生愁。"然而在我幼时，清明扫墓是一件无上的乐事。人们借佛游春，我们是"借墓游春"。我父亲有八首《扫墓竹枝词》：

别却春风又一年，梨花似雪柳如烟。
家人预理上坟事，五日前头折纸钱。

风柔日丽艳阳天。老幼人人笑口开。
三岁玉儿娇小甚，也教抱上画船来。

双双画桨荡轻波，一路春风笑语和。
望见坟前堤岸上，松阴更比去年多。

壶榼纷陈拜跪忙，闲来坐憩树荫凉。

① 本篇曾收入《缘缘堂随笔集》（1983年）。

村姑三五来窥看，中有谁家新嫁娘。

周围堤岸视桑麻，剪去枯藤只剩花。
更有儿童知算计，松球拾得去煎茶。

荆榛坡上试跻攀，极目云烟杳霭闲，
恰得村夫遥指处，如烟如雾是含山[1]。

纸灰扬起满林风，杯酒空浇奠已终。
却觅儿童归去也，红裳遥在菜花中。

解将锦缆趁斜晖，水上蜻蜓逐队飞。
赢受一番春色足，野花载得满船归。

这里的“三岁玉儿”，就是现在执笔写此文的七十老翁。我的小名叫做“慈玉”。

清明三天，我们每天都去上坟。第一天，寒食，下午上“杨庄坟”。杨庄坟离镇五六里路，水路不通，必须步行。老幼都不去，我七八岁就参加。茂生大伯挑了一担祭品走在前面，大家跟他走，一路上采桃花，偷新蚕豆，不亦乐乎。到了坟上，大家息足，茂生大伯到附近农家去，借一只桌子和两只

① 含山是我乡附近唯一的一个山，山上有塔。——作者原注。

条凳来，于是陈设祭品，依次跪拜。拜过之后，自由玩耍。有的吃甜麦塌饼[①]，有的吃粽子，有的拔蚕豆梗来作笛子。蚕豆梗是方形的，在上面摘几个洞，作为笛孔。然后再摘一段豌豆梗来，装在这笛的一端，笛便做成。指按笛孔，口吹豌豆梗，发音竟也悠扬可听。可惜这种笛寿命不长。拿回家里，第二天就枯干，吹不响了。祭扫完毕，茂生大伯去还桌子凳子，照例送两个甜麦塌饼和一串粽子，作为酬谢。然后诸人一同在夕阳中回去。杨庄坟上只有一株大松树，临着一个池塘。父亲说这叫做“美人照镜”。现在，几十年不去，不知美人是否还在照镜。闭上眼睛，情景宛在目前。

正清明那天，上“大家坟”。这就是去上同族公共的祖坟。坟共有五六处，须用两只船，整整上一天。同族共有五家，轮流作主。白天上坟，晚上吃上坟酒。这笔费用由祭田开销。祖宗们心计长，恐怕子孙不肖，上不起坟，叫他们变成饿鬼。因此特置几亩祭田，租给农民。轮到谁家主持上坟，由谁家收租。雇船办酒之外，费用总有余裕。因此大家高兴作主。而小孩子尤其高兴，因为可以整天在乡下游玩，在草地上吃午饭。船里烧出来的饭菜，滋味特别好。因为，据老人们说，家里有灶君菩萨，把饭菜的好滋味先尝了去，而船里没有灶君菩萨，所以船里烧出来的饭菜滋味特别好。孩子们还有一件乐

① 甜麦塌饼，作者故乡一带清明时节用米粉和麦芽做成的一种甜饼。

事，是抢鸡蛋吃。每到一个坟上，除对祖宗的一桌祭品以外，必定还有一只小匾，内设小鱼、小肉、鸡蛋、酒和香烛，是请地主吃的，叫做拜坟墓土地。孩子们中，谁先向坟墓土地叩头，谁先抢得鸡蛋。我难得抢到，觉得这鸡蛋的确比平常的好吃。上了一天坟回来，晚上是吃上坟酒。酒有四五桌，因为出嫁姑娘也都来吃。吃酒时，长辈总要训斥小辈，被训斥的，主要是乐谦、乐生和月生。因为乐谦盗卖坟树，乐生、月生作恶为非，上坟往往不到而吃上坟酒必到。

第三天上私房坟。我家的私房坟，又称为旗杆坟。去上的就是我们一家人，父母和我们姐弟数人。吃了早中饭，雇一只客船，慢吞吞地荡去。水路五六里，不久就到。祭扫期间，附近三竺庵里的和尚来问讯，送我们些春笋。我们也到这庵里去玩，看见竹林很大，身入其中，不见天日。我们终年住在那市井尘嚣中的低小狭窄的百年老屋里，一朝来到乡村田野，感觉异常新鲜，心情特别快适，好似遨游五湖四海。因此我们把清明扫墓当作无上的乐事。我的父亲孜孜兀兀地在穷乡僻壤的蓬门败屋之中度过短促的一生，我想起了感到无限的同情。

垂髫村女依依说　燕子今朝又做窠

谷雨

4月19—21日

三月节。自雨水后，土膏脉动，今又雨其谷于水也。

初候，萍始生。二候，鸣鸠拂其羽。三候，戴胜降于桑。

惜春[1]

不多天之前我在这里赞颂垂条的杨柳。现在柳条早已婆娑委地，杨花也已开始飘荡，春光将尽，我又来这里谈惜春的话了。

“惜春”这个题目何等风雅！古人的诗词里以此为题的不可胜计，今人也还在那里为此赋诗填词。绿肥红瘦，柳昏花冥，杜鹃啼血，流水飘红，再加上羁人，泪眼，伤心，断肠，离愁，酒病，……惜春这件事主客观两方面应有的雅词，已经被前人反复说尽，我已无可再说了。现在为什么取这个题目来作文呢？也不过应应时，在五月号的杂志里写一个及时的题目，表面上好看些。这好比编小学教科书：秋季始业的，前几课讲月亮，蟋蟀，桂花，果实，农人割稻，以及双十节。后几课讲棉衣，火炉，做糕，落雪，以及贺年。春季始业的，前几课讲菜花，桃花，蝌蚪，种牛痘，以及总理忌辰，后几课讲杀苍蝇，灭蚊虫，吃瓜，乘凉，以及热天的卫生。似乎那些小学生个个是一年生的动物，在秋天不知有春，在春天不知有秋，所以非讲目前的情状不可的。我的读者不是小学生，其实不一定要讲目前的情状。但是随

① 本篇曾载1935年5月《中学生》第55号。

笔总得随我的笔，我的笔又总得随我的近感。我握笔为这杂志写这篇随笔的时候，但念不多天之前刚刚写了一篇赞颂初生的杨柳的文章，现在柳条早已婆娑委地，杨花也早已开始飘荡，觉得时光的过去真快得可惊！这其间一个多月的时光，我不知干了些什么？这一点近感便是我得这篇随笔的本意。题目不妨写作“惜时光”。但现在的时光是春天，也不妨写作“惜春”。

去年的春天，我曾在这杂志里谈过春天的冷暖不匀，晴雨无定，以及种种不舒服。故春去在我不觉得足惜。所可惜者，只是时光的一去不返，不可挽留。我们好比乘坐火车，自己似觉静静地坐着，不曾走动一步，车子却载了你在那里飞奔。不知不觉之间，时时刻刻在那里减短你的前程。我曾经立意要不花钱，一天到晚坐在屋里，果然一钱也不花。我曾经立意要不费力，一天到晚躺在床里，果然一些力也不费。我曾经立意要不费电，晚上不开电灯，果然一度电也不费。我也曾经立意要不费时间，躲在床角里不动。然而壁上的时辰钟“的格的格”地告诉我，时间管自在那里耗费。于是我想，做了人真像“骑虎之势”，无法退缩或停留，只有努力地惜时光，积极地向前奋斗，直到时间大限的来到。

生活上的苦闷和不幸，有时能使人对于时光觉得不可惜而可嫌，盼望它快些过去的。然而这是例外。人生总希望快乐。快乐的时间总希望其不要过得太快。回忆自己的学生时代，最快乐的时间是假期。星期六，星期日和纪念日小快乐，春假，年假和暑假大快乐。这也是世间一件矛盾的怪事：平常出了钱总希望多得几分货，只有读书，出了学费只希望少上几天课。试看假期前晚的学生们的狂喜，似觉他们所希望的最好是只缴学费而永不上课。于此足见读书这件事不是平常的买卖。不然，这件事正像史蒂芬生（斯蒂文生）的《自杀俱乐部》中的青年的行为：一面缴了四十镑的会费而做自杀俱乐部会员，一面又在抽签时热望自己永不抽着当死的签。试看星期一早上躺在床上的学生的尴尬脸孔，或暑假开学前一天的学生的没精打采，似觉他们对于赴校上课这件事看得真同赴死一样可怕。其实原是他们自己来寻死的。

我幼时在暑假的前几天感觉非常欢喜，好像有期徒刑的囚犯将被开释似的。又怀抱着莫大的希望，忙里偷闲地打算假期中的生活，整理假期中所要看的书籍。我想象五六十天的假期，似觉时光非常悠长，有无数的事件好干，无数的书可读，有无数时光可以和弟弟共戏，还有无数的余闲可和邻家的小朋友玩耍。本学期中欠熟达的功课，满望在这悠长的假期中习得完全精通。平日所希望修习而无暇阅读的书籍，在假期前都特地买好，满望在这悠长的假期中完全读毕。还有在教科书里看到的种种科学玩意儿，在校因没有时间和工具而未曾试作的，也都挑选出来，抄写在笔记簿上，满望在悠长的假期中完全作成，和弟弟们畅快地玩耍。五六十天的假期，在我望去好像一只宽紧带结成的袋子，不拘多少东西，尽管装得进去。

放假的一天，我背了这只宽紧带结成的无形大袋子而欣然地回家。回到半年不见的家里，觉得样样新鲜，暂把这无形的大袋搁一搁再说。初到的几天因为路途风霜，当然完全休息。后来多时不见的姑母来作客了，母亲热诚地招待她，假期中的我当然奉陪，闲谈几天。后来姑母邀请我去作客，母亲说我年年出门求学，难得放假回家，至亲至眷应该去访问访问，我一去就是四五天乃至六七天。回家又应该休息几天。后来，天气太热，中了暑发些轻痧，竹榻上一困又是几天。病起又休息几天。本镇有戏文，当然去看几天。戏文场上遇见几位小学时代的同学，多时不见，留着款待几天。送往了同学，迎来了一年不见的二姐，姐丈，和外甥们，于是杀鸡置酒，大家欢聚半个月乃至二十天。二姐回家时带了我去，我这回作客一去又是四五天乃至六七天。回家当然又是休息几天。屈指一算，离暑假开学已经只有十来天了。横竖如此，这十来天索性闲玩过去吧。到了开学的前一天，我整理行装，看见于假前所记录着的一纸假期工作表，所准备着的一束假期应读的书，所选定着的假期中拟制之玩具的说明图，都照携回家时的原样放置在网篮里，搁置在书桌旁的两只长凳上，上面积着厚厚的一层灰尘。蹉跎的懊恼和乐尽的悲哀交混在我的心头，使我感到一种不可名状的不快。次日带了这种不快而辞家到校，重新开始那囚犯似的学校生活。

第二次假期前几天，我仍是那样的欢喜，再结起一只宽紧带的大袋子来，又把预定的假期工作多多益善地装进去，背了它欣然地回家。我的意思以为第一次没有经验，安排得不好，以致蹉跎过去；这回我定要好好地安排：客人不必多应酬，或竟不见；作客少住几天，或竟不去；戏不应该看，病不应该生。这样安排，一定有许多书好看，许多事可做。然而回到家里，不知怎样一来，又同第一次一样，这里几天，那里几天，距开学又只十来天了。于是再带了蹉跎的懊恼和乐尽的悲哀所混成的一种不可名状的不快而整理行装，离家到校。

这样的经验反复了数次，我方才悟到预期的不可靠与事实的无可奈何，于是停止这种如意算盘。青年人少不更事，往往向美丽的未来中打很大的如意算盘。他们以为假期有五六十天的悠长的日月，看薄薄的几册书，算什么呢？然而日子自己会很快地过去，而书的page（页）不会自动地翻过。宽紧带的袋子看似可以无限地装得进去，但毕竟是硬装的，原来的容量其实很小。我经验了几次如意算盘的失败之后，才知道凡事须靠现在努力工作。现在工作一小时，得益一小时，工作二小时，得益二小时。与其费心于未来的预期，不如现在拿这点工夫来用功。以后每逢假期，我不再准备假期工作。遵守西洋格言Work while work，play while play（英国谚语，大意是：该工作时专心工作，该玩时痛快地玩。）的教训，我预备玩过一暑假。却不意在暑假中也看完了几部小说。开学时回顾，好像得了一笔意外的收入，格外愉快。

青年们在校时不用功，往往预期出校后自行补修；或者在就业后抽闲补习。他们打定了这个如意算盘之后，在校时索性不用功了。他们想：出校后岁月悠长，无拘无束；横竖要从头补修过！现在索性放弃吧。但是，据我所见，他们这预期往往同我的假期工作的预期同一运命，总是不会实践的。他们没有预计到出校后的种种烦忙，同我没有预计到假期回家后的种种应酬一样。职业，生计，恋爱，婚姻，子女，……种种人事拥挤在他们出校后的日月中，使他们没有工夫补修在校时未了的课业。试看社会上就业的成人们的学问知识，恐怕十人中有九人所有的只是青年时代在学校中所收得的一点。靠出校后自己补修而增进学识的，十人中不过一人而已。可知青年求学时代所获得的一点学识，是人生教养的基本。后来的见闻虽然也使你增进些知识，但只是枝叶，人生修养的基本只限于青年求学时代所得的一点。

我自己青年时代没有好好地受教育，年长后常感知识不全之苦。几何三角的问题我不会解，物理化学的公式我看不懂，专门科学的书我都读不下去。屡次希望补修，至今不能实践。古人云："看来四十犹如此，便到百年已可知。"我离四十只有两年，大概此生不会有能解三角几何问题，能懂物理化学公式，能读专门科学书籍的日子了！人生倘有来世，我的来世倘能投人，投了人倘能记忆这篇文章，我定要好好地度送我的青年时代，多收得些学识，造成一个人生的巩固的基础。我此生中的青年已经过去，无法挽回，只有借了惜春的题目，在这里痛惜一下算了。假如这些话能给正在青年期的读者们一些警励，那使似以前在假期中看完了几部小说，好像得了一笔意外的收入，格外愉快。

廿四（1935）年四月八日为《中学生》作。

梦痕[①]

我的左额上有一条同眉毛一般长短的疤。这是我儿时游戏中在门槛上跌破了头颅而结成的。相面先生说这是破相，这是缺陷。但我自己美其名曰“梦痕”。因为这是我的梦一般的儿童时代所遗留下来的唯一的痕迹。由这痕迹可以探寻我的儿童时代的美丽的梦。

我四五岁时，有一天，我家为了“打送”（吾乡风俗，亲戚家的孩子第一次上门来作客，辞去时，主人家必做几盘包子送他，名曰“打送”）某家的小客人，母亲、姑母、婶母和诸姊们都在做米粉包子。厅屋的中间放一只大匾，匾的中央放一只大盘，盘内盛着一大堆粘土一般的米粉，和一大碗做馅用的甜甜的豆沙。母亲们大家围坐在大匾的四周。各人卷起衣袖，向盘内摘取一块米粉来，捏做一只碗的形状；挟取一筷豆沙来藏在这碗内；然后把碗口收拢来，做成一个圆子。再用手法把圆子捏成三角形，扭出三条绞丝花纹的脊梁来；最后在脊梁凑合的中心点上打一个红色的“寿”字印子，包子便做成。一圈一

① 本篇曾载1934年7月20日《人世间》第8期。当时题名为《疤》。收入《随笔二十篇》时，改名《梦痕》。后由作者稍加删节，改名《黄金时代》，又收入作者自编的《率真集》（上海万叶书店1946年10月初版）。

圈地陈列在大匾内，样子很是好看。大家一边做，一边兴高采烈地说笑。有时说谁的做得太小，谁的做得太大；有时盛称姑母的做得太玲珑，有时笑指母亲的做得象个饼。笑语之声，充满一堂。这是年中难得的全家欢笑的日子。而在我，做孩子们的，在这种日子更有无上的欢乐；在准备做包子时，我得先吃一碗甜甜的豆沙。做的时候，我只要噪闹一下子，母亲们会另做一只小包子来给我当场就吃。新鲜的米粉和新鲜的豆沙，热热地做出来就吃，味道是好不过的。我往往吃一只不够，再噪闹一下子就得吃第二只。倘然吃第二只还不够，我可嚷着要替她们打寿字印子。这印子是不容易打的：蘸的水太多了，打出来一塌糊涂，看不出寿字；蘸的水太少了，打出来又不清楚；况且位置要摆得正，歪了就难看；打坏了又不能揩抹涂改。所以我嚷着要打印子，是母亲们所最怕的事。她们便会和我商量，把做圆子收口时摘下来的一小粒米粉给我，叫我“自己做来自己吃。”这正是我所盼望的主目的！开了这个例之后，各人做圆子收口时摘下来的米粉，就都得照例归我所有。再不够时还得要求向大盘中扭一把米粉来，自由捏造各种粘土手工：捏一个人，团拢了，改捏一个狗；再团拢了，再改捏一只水烟管……捏到手上的龌龊都混入其中，而雪白的米粉变成了灰色的时候，我再向她们要一朵豆沙来，裹成各种三不象的东西，吃下肚子里去。这一天因为我噪得特别厉害些，姑母做了两只小巧玲珑的包子给我吃，母亲又外加摘一团米粉给我玩。为求自由，我不在那场上吃弄，拿了到店堂里，和五哥哥一同玩弄。五哥哥者，后来我知道是我们店里的学徒，但在当时我只知道他是我儿时的最亲爱的伴侣。他的年纪比我长，智力比我高，胆量比我大，他常做出种种我所意想不到的玩意儿来，使得我惊奇。这一天我把包子和米粉拿出去同他共玩，他就寻出几个印泥菩萨的小型的红泥印子来，教我印米粉菩萨。

后来我们争执起来，他拿了他的米粉菩萨逃，我就拿了我的米粉菩萨追。追到排门旁边，我跌了一跤，额骨磕在排门槛上，磕了眼睛大小的一个洞，便晕迷不省。等到知觉的时候，我已被抱在母亲手里，外科郎中蔡德本先生，正在用布条向我的头上重重叠叠地包裹。

自从我跌伤以后，五哥哥每天乘店里空闲的时候到楼上来省问我。来时必然偷偷地从衣袖里摸出些我所爱玩的东西来——例如关在自来火匣子里的几只叩头虫，洋皮纸人头，老菱壳做成的小脚，顺治铜钿[①]磨成的小刀等——送给我玩，直到我额上结成这个疤。

讲起我额上的疤的来由，我的回想中印象最清楚的人物，莫如五哥哥。而五哥哥的种种可惊可喜的行状，与我的儿童时代的欢乐，也便跟了这回想而历历的浮出到眼前来。

他的行为的顽皮，我现在想起了还觉吃惊。但这种行为对于当时的我，有莫大的吸引力，使我时时刻刻追随他，自

① 顺治铜钿，指清朝顺治年间铸造的圆形方孔铜币。

愿地做他的从者。他用手捉住一条大蜈蚣，摘去了它的有毒的钩爪，而藏在衣袖里，走到各处，随时拿出来吓人。我跟了他走，欣赏他的把戏。他有时偷偷地把这条蜈蚣放在别人的瓜皮帽子上，让它沿着那人的额骨爬下去，吓得那人直跳起来。有时怀着这条蜈蚣去登坑，等候邻席的登坑者正在拉粪的时候，把蜈蚣丢在他的裤子上，使得那人扭着裤子乱跳，累了满身的粪。又有时当众人面前他偷把这条蜈蚣放在自己的额上，假装被咬的样子而号啕大哭起来，使得满座的人惊惶失措，七手八脚地为他营救。正在危急存亡的时候，他伸起手来收拾了这条蜈蚣，忽然破涕为笑，一缕烟逃走了。后来这套戏法渐渐做穿，有的人警告他说，若是再拿出蜈蚣来，要打头颈拳[①]了。于是他换出别种花头来：他躲在门口，等候警告打头颈拳的人将走出门，突然大叫一声，倒身在门槛边的地上，乱滚乱撞，哭着嚷着，说是践踏了一条臂膀粗的大蛇，但蛇是已经钻进榻底下去了。走出门来的人被他这一吓，实在魂飞魄散；但见他的受难比他更深，也无可奈何他，只怪自己的运气不好。他看见一群人蹲在岸边钓鱼，便参加进去，和蹲着的人闲谈。同时偷偷地把其中相接近的两人的辫子梢头结住了，自己就走开，躲到远处去作壁上观。被结住的两人中若有一人起身欲去，滑稽剧就演出来给他看了。诸如此类的恶戏，不胜枚举。

① 打头颈拳，作者家乡话，意即打耳光。

现在回想他这种玩耍，实在近于为虐的戏谑。但当时他热心地创作，而热心地欣赏的孩子，也不止我一个。世间的严正的教育者！请稍稍原谅他的顽皮！我们的儿时，在私塾里偷偷地玩了一个折纸手工，是要遭先生用铜笔套管在额骨上猛钉几下，外加在至圣先师孔子之神位面前跪一支香的！

况且我们的五哥哥也曾用他的智力和技术来发明种种富有趣味的玩意，我现在想起了还可以神往。暮春的时候，他领我到田野去偷新蚕豆。把嫩的生吃了，而用老的来做“蚕豆水龙”。其做法，用煤头纸火把老蚕豆荚熏得半熟，剪去其下端，用手一捏，荚里的两粒豆就从下端滑出，再将荚的顶端稍稍剪去一点，使成一个小孔。然后把豆荚放在水里，待它装满了水，以一手的指捏住其下端而取出来，再以另一手的指用力压榨豆荚，一条细长的水带便从豆荚的顶端的小孔内射出。制法精巧的，射水可达一二丈之远。他又教我“豆梗笛”的做法：摘取豌豆的嫩梗长约寸许，以一端塞入口中轻轻咬嚼，吹时便发嗜嗜之音。再摘取蚕豆梗的下段，长约四五寸，用指爪在梗上均匀地开几个洞，作成笛的样子。然后把豌豆梗插入这笛的一端，用两手的指随意启闭各洞而吹奏起来，其音宛如无腔之短笛。他又教我用洋蜡烛的油作种种的浇造和塑造。用芋艿或番薯镌刻种种的印版，大类现今的木版画。……诸如此类的玩意，亦复不胜枚举。

现在我对这些儿时的乐事久已缘远了。但在说起我额上的疤的来由时，还能热烈地回忆神情活跃的五哥哥和这种兴致蓬勃的玩意儿。谁言我左额上的疤痕是缺陷？这是我的儿时欢乐的佐证，我的黄金时代的遗迹。过去的事，一切都同梦幻一般地消灭，没有痕迹留存了。只有这个疤，好像是“脊杖二十，刺配军州”时打在脸上的金印，永久地明显地录着过去的事实，一说起就可使我历历地回忆前尘。仿佛我是在儿童世界的本贯地方犯了罪，被刺配到这成人社会的“远恶军州”来的。这无期的流刑虽然使我永无还乡之望，但凭这脸上的金印，还可回溯往昔，追寻故乡的美丽的梦啊！

一九三四年六月七日。

种瓜得瓜

夏

西湖船的基本形式，是有白篷的两头尖的扁舟。这至今还是不变。常变的是船舱里的客人的座位。二十年前，西湖船的座位是一条藤穿的长方形木框。

十里明湖一叶舟　（弘一法师李叔同诗）

立夏

5月5—7日

四月节。立，始建也。夏，假也，物至此时皆假大也。

初候，蝼蝈鸣。二候，蚯蚓出。三候，王瓜生。

养蚕时节

我回忆儿时，有三件不能忘却的事。

第一件是养蚕。那是我五六岁时、我祖母在日的事。我祖母是一个豪爽而善于享乐的人，良辰佳节不肯轻轻放过。养蚕也每年大规模地举行。其实，我长大后才晓得，祖母的养蚕并非专为图利，叶贵的年头常要蚀本，然而她喜欢这暮春的点缀，故每年大规模地举行。我所喜欢的，最初是蚕落地铺。那时我们的三开间的厅上、地上统是蚕，架着经纬的跳板，以便通行及饲叶。蒋五伯挑了担到地里去采叶，我与诸姐跟了去，去吃桑葚。蚕落地铺的时候，桑葚已很紫很甜了，比杨梅好吃得多。我们吃饱之后，又用一张大叶做一只碗，采了一碗桑葚，跟了蒋五伯回来。蒋五伯饲蚕，我就以走跳板为戏乐，常常失足翻落地铺里，压死许多蚕宝宝，祖母忙喊蒋五伯抱我起来，不许我再走。然而这满屋的跳板，像棋盘街一样，又很低，走起来一点也不怕，真是有趣。这真是一年一度的难得的乐事！所以虽然祖母禁止，我总是每天要去走。

蚕上山之后，全家静默守护，那时不许小孩子们吵了，我暂时感到沉闷。然而过了几天，采茧，做丝，热闹的空气又浓起来了。我们每年照例请牛桥头七娘娘来做丝。蒋五伯每天买枇杷和软糕来给采茧、做丝、烧火的人吃。大家认为现在是辛苦而有希望的时候，应该享受这点心，都不客气地取食。我也无功受禄地天天吃多量的枇杷与软糕，这又是乐事。

七娘娘做丝休息的时候，捧了水烟筒，伸出她左手上的短少半段的小指给我看，对我说：做丝的时候，丝车后面，是万万不可走近去的。她的小指，便是小时候不留心被丝车轴棒轧脱的。她又说："小囡囡不可走近丝车后面去，只管坐在我身旁，吃枇杷，吃软糕。还有做丝做出来的蚕蛹，叫妈妈油炒一炒，真好吃哩！"然而我始终不要吃蚕蛹，大概是我爸爸和诸姐都不要吃的原故。我所乐的，只是那时候家里的非常的空气。日常固定不动的堂窗、长台、八仙椅子，都收拾去，而变成不常见的丝车、匾、缸。又不断地公然地可以吃小食。

丝做好后，蒋五伯口中唱着"要吃枇杷，来年蚕罢"，收拾丝车，恢复一切陈设。我感到一种兴尽的寂寥。然而对于这种变换，倒也觉得新奇而有趣。

现在我回忆这儿时的事，常常使我神往！祖母、蒋五伯、七娘娘和诸姐都像童话里、戏剧里的人物了。且在我看来，他们当时这剧的主人公便是我。何等甜美的回忆！只是这剧的题材，现在我仔细想想觉得不好：养蚕做丝，在生计上原是幸福的，然其本身是数万的生灵的杀虐！《西青散记》里面有两句仙人的诗句："自织藕丝衫子嫩，可怜辛苦赦春蚕。"安得人间也发明织藕丝的丝车，而尽赦天下的春蚕的性命！

我七岁上祖母死了[①]，我家不复养蚕。不久父亲与诸姐弟相继死亡，家道衰落了，我的幸福的儿时也过去了。因此这回忆一面使我永远神往，一面又使我永远忏悔。

一九二七年梅雨时节。[②]

---

① 作者祖母卒于1902年5月，当时作者五岁。

② 本文篇末原未署日期。这里所署的日期是发表在《小说月报》时篇末所署。

西湖船[1]

二十年来，西湖船的形式变了四次，我小时在杭州读书，曾经傍着西湖住过五年。毕业后供职上海，春秋佳日也常来游。现在蛰居家乡，离杭很近，更常到杭州小住。因此我亲眼看见西湖船的逐渐变形。每次坐到船里，必有一番感想。但每次上了岸就忘记，不再提起。今天又坐了西湖船回来，心绪殊恶，就拿起笔来，把感想记录一下。西湖船的形式，二十年来变了四次，但是愈变愈坏。

西湖船的基本形式，是有白篷的两头尖的扁舟。这至今还是不变。常变的是船舱里的客人的座位。二十年前，西湖船的座位是一条藤穿的长方形木框。背后有同样藤穿的长方形木框，当作靠背。这些木框涂着赭黄的油漆，与船身为同色或同类色，分明地表出它是这船的装置的一部分。木框上的藤，穿成冰梅花纹样。每一小孔都通风，一望而知为软软的坐垫与靠背，因此坐下去心地是很好的。靠背对坐垫的角度，比九十度稍大——大约一百度。既不像旧式厅堂上的太师椅子那么竖得

① 本篇曾载1936年3月16日《宇宙风》第2卷第13期，署名：子恺。

笔直，使人坐了腰痛；也不像醉翁椅子那么放得平坦，使人坐了起不身来。靠背的木框，像括弧般微微向内弯曲，恰好切合坐者的背部的曲线。因此坐下去身体是很舒服的。原来游玩这件事体，说它近于旅行，又不愿像旅行那么肯吃苦；说不得它类似休养，又不愿像休养那么贪懒惰。故西湖船的原始的（姑且以我所见为主，假定二十年前的为原始的）形式，我认为是最合格的游船形式。倘然座位再简陋，换了木板条，游人坐下去就嫌吃力；倘然座位再舒服，索性换了醉翁椅，游人躺下去又嫌萎靡，不适于观赏山水了。只有那种藤穿的木框，使游人坐下去软软的，靠上去又软软的，而身体姿势又像坐在普通凳子上一般，可以自由转侧，可以左顾右盼。何况他们的形状、质料与颜色，又与船的全部十分调和，先给游人以恰好的心情呢！二十年前，当我正在求学的时候，西湖里的船统是这种形式的。早春晚秋，船价很便宜，学生的经济力也颇能胜任。每逢星期日，出三四毛钱雇一只船，载着二三同学，数册书、一壶茶、几包花生米与几个馒头，便可优游湖中，尽一日之长。尤其是那时候的摇船人，生活很充裕，样子很写意，一面打桨，一面还有心情对我们闲谈自己的家庭，西湖的掌故，以及种种笑话。此情此景，现在回想了不但可以神往，还可以凭着追忆而写几幅画，吟几首诗呢。因为那种船的座位好，坐船的人姿势也好；摇船人写意，坐船人更加写意，随时随地可以吟诗入画。“野航恰受两三人”。“恰受”两字的状态，在这种船上最充分地表现出着。

我离杭后，某年春，到杭游西湖，忽然发现有许多船的座位变了形式。藤式木框被撤去，改用了长的藤椅子，后面也有靠背，两旁又有靠手，不过全体是藤编的。这种藤椅子，坐的地方比以前的加阔，靠边背也比以前的加高，价值上去固然比以前的舒服，但在形式上，殊不及以前的好看。为了船身全是木的，椅子全是藤的，二者配合不甚调和。在人家屋里，木的几桌旁边也常配着藤椅子，并不觉得很不调和。这是屋与船情形不同之故。屋子的场面大，其所要求的统一不甚严格。船的局面小，一望在目，全体浑成一个单位。其样式与质料，当然要求严格的统一。故在广大的房间里，木的几桌旁边放了藤椅子，不觉得十分异样，但在小小的一叶扁舟中放了藤椅，望去似觉这是临时暂置性质的东西，对于船身毫无有机的关系。此外还有一种更大的不快：摇船人为了这两张藤椅子的设备费浩大，常向游客诉苦，希望多给船钱。有的自己告白：为了同业竞争厉害，不得已，当了衣服置备这两只藤椅的。我们回头一看，见他果然穿一件破旧的夹衣，当着料峭的东风，坐在船头上很狭窄的尖角里，为了我们的赏心悦目劳动着。我们的衣服与他的衣服，我们的座位与他的座位，我们的生活与他的生活，同在一叶扁舟之中，相距咫尺之间，两两对比之下，怎不令人心情不快？即使我们力能多给他船钱，这种不快已在游湖时生受了。当时我想：这种藤椅虽然表面光洁平广，使游客的身体感到舒服；但其质料样式缺乏统一性，使游客的眼睛感到不舒服；其来源由于营业竞争的压迫，使游的心情感到更大的不快。得不偿失，西湖船从此变坏了！

其后某年春，我又到杭州游西湖。忽然看见许多西湖船的座位，又变了样式。前此的长藤椅已被撤去，改用了躺藤椅，其表面就同普通人家最常见的躺藤椅一样，这变化比前又进一步，即不但全变了椅的质料，又变了椅的角度。坐船的人若想靠背，非得仰躺下来，把眼睛看着船篷。船篷看厌了，或是想同对面的人谈谈，须得两臂使个劲道，支撑起来，四周悬空地危坐着，让藤靠背像尾巴一般拖在后面。这料想是船家营业竞争愈趋厉害，于是苦心窥察游客贪舒服的心理而创制的。他们看见游湖来的富绅，贵客，公子，小姐，大都脚不着地，手不着物，一味贪图安逸。他们为营生起见，就委曲迎合这种游客的心理，索性在船里放两把躺藤椅，让他们在湖面上躺来躺去，像浮尸一般。我在这里看见了世纪末的痼疾的影迹：十九世纪末的颓废主义的精神，得了近代科学与物质文明的助力，在所谓文明人之间长养了一种贪闲好逸的风习。起居饮食用器什物，处处力求便利；名曰增加工作能率，暗中难免汩没了耐劳习苦的美德，而助长了贪闲好逸的恶习。西湖上自从那种用躺藤椅的游船出现之后，不拘它们在游湖的实用上何等不适宜，在游船的形式上何等不美观，世间自有许多人欢迎它们，使它们风行一时。这不是颓废精神的遗毒所使然吗？正当的游玩，是辛苦的慰安，是工作的预备。这决不是放逸，更不是养病。但那种西湖船载了仰天躺着的游客而来，我初见时认真当作载来的是一船病人呢。

最近某年春，我又到杭州游西湖，忽然看见许多西湖船的座位又变了形式。前此的藤躺椅已被撤去，改用了沙发。厚得“木老老”[①]的两块弹簧垫，有的装着雪白的或淡黄的布套；有的装着紫酱色的皮，皮面上划着斜方形的格子，好像头等火车中的坐位。沙发这种东西，不必真坐，看看已够舒服之至了。但在健康人，也许真坐不及看看的舒服。它那脸皮半软半硬，对人迎合得十分周到，体贴得无微不至，有时使人肉麻。它那些弹簧能屈能伸，似抵抗又不抵抗，有时使人难过。这又好似一个陷阱，翻了进去一时爬不起来。故我只有十分疲劳或者生病的时候，懂得沙发的好处；若在健康时，我常觉得看别人坐比自己坐更舒服。但西湖船里装沙发，情形就与室内不同。在实用上说，当然是舒服的：坐上去感觉很温软，与西湖春景给人的感觉相一致。靠背的角度又不像躺藤椅那么大，坐着闲看闲谈也很自然。然而倘把西湖船当作一件工艺品而审察它的形式，这配合就不免唐突。因为这些船身还是旧式的，还是二十年前装藤穿木框的船身，只有坐位的部分奇迹地换了新式的弹簧坐垫，使人看了发生“时代错误”之感。若以弹簧坐垫为标

① “木老老”，杭州方言，意即“很”，“十分”。

准，则船身的形式应该还要造得精密，材料应该还选得细致，油漆应该还要配得美观，船篷应该还要张得整齐，摇船人的脸孔应该还要有血气，不应该如此憔悴；摇船人的衣服应该还要楚楚，不应该教他穿得叫化子一般褴褛。我今天就坐了这样的一只西湖船回来，在船中起了上述的种种感想，上岸后不能忘却。现在就把它们记录在这里。总之西湖船的形式，二十年来，变了四次。但是愈变愈坏，变坏的主要原因，是游客的坐位愈变愈舒服，愈变愈奢华；而船身愈变愈旧，摇船人的脸孔愈变愈憔悴，摇船人的衣服愈变愈褴褛。因此形成了许多不调和的可悲的现象，点缀在西湖的骀荡春光之下，明山秀水之中。

廿五（1936）年二月廿七日作，曾载《宇宙风》。

小满

5月20—22日

四月中。小满者，物至于此小得盈满。

初候，苦菜秀。二候，靡草死。三候，麦秋至。

锣鼓乡音

看灯[①]

今晚我的船所要停泊的市镇上，正在举行“新生活运动提灯大会”。船头离岸尚远，早有鼓乐喧阗之声，从远近各处传入我的船室。船家夫妇从下午起，一直在船梢上恨恨地谈论昨夜失去的那条白绵绸裤子。新生活运动鼓乐之声能使他们转恨为喜，到这时候他们忽然起劲地摇着“盖面橹”[②]，兴致勃勃地话起那灯会中的“牡丹亭”，“白毛太狮”来。

市里的岸边停着许多客船，我们的船不能摇进市中，只得泊在市梢。船家夫妇做夜饭给我吃，同时为我谈起灯会的种种盛况。他们说这是难得看得到的；又说像我，描画的人，更是非看不可。他们能包我描得许多“出色”的画。最后又郑重地叮嘱我，衣帽物件务要收藏得好，防恐蹈了昨夜的覆辙。

黄昏九时，我由船主人引导，穿过了一片汗臭的人海，来到茅厕斜对面的一所败屋的门前。船主人说，在这地方看灯再好勿有。别的房屋的门口，都站满着人，只有这庑下比较的空

① 本篇曾载1934年7月16日《论语》第45期。

② 摇“盖面橹”，作者家乡话，指船即将靠岸的摇法，因橹吃水不深，故谓“盖面”。

些。原来这败屋的门紧紧地关闭着，里面并无主人出来看灯，专把它庑下这块在当时千金难买的空地，让给像我这样的过路人驻足。我举头一看，望见檐下挂着一块破旧不堪的匾额，额上写着“土谷祠”三字，心想这里面大约没有阿Q，或者也有，而正在参加提灯，所以关着门。门外已疏朗朗地站着十来个人，但一边尚有几尺空地，好像是专为我和船主人留着的。走近一看，地下有着很大的一个水洼，其深不可测。船主人去近旁拾些砖头来，在这些水洼里填起两个浮墩，教我把足踏在浮墩上。他自己本来赤着脚，就像种莲花一般地把两脚插在水里，挺起胸部，等候着看灯。

这样地站着等候了约一小时之久，鼓乐之声渐渐地迫近来。路的两旁就有千百个人头，弯弯曲曲地伸进伸出，向鼓乐的来处探望，唯有我一人正襟危立，一些儿不动。人之见者，或将赞我镇静不躁，修养功夫极深。果尔，我将感谢我脚底下的两个浮墩。其实我早该感谢它们。因为这时候，站到土谷祠庑下来的人已渐次增加了不少，颇有些儿拥挤，但始终没有人敢挨近我身边来。我仿佛是占据着梁山泊的强徒，四面环绕着水，任何官兵不敢相犯。

鼓乐只管在近处喧阗。花灯只管不来。我的两脚只管保住了一尺半的距离而分立着，有些儿麻木了。我的眼睛只管望见罗汉像一般的人头，也有些儿看厌了。视线所及，只有斜对面茅厕上络绎不绝的小便者，变化丰富，姿势各殊，暂时代替花灯供我欣赏。这会我独得了珍奇的阅历：有生以来，从未对着这样拥挤的毛厕作这样长久的观察。吾今始知小便者的态度姿势变化之多。想描出几个，伸手向衣袋中摸速写簿，遍摸不得。料想是一小时之前通过人海时被挤出衣袋而落在途中了，或者被人误认作皮夹掏去了。我之所谓速写簿，其实只是六个铜板买来的一本小拍纸簿，厚纸的旁边装着一个自己手制的铅笔套，套内插着半枝大华厂“唯一国货”的六B铅笔罢了。不过里面已经写着一幅船主人洗脚图，失去了略觉可惜；当时眼前的小便者的姿态无法速写，又觉得可惜。

继续看了络绎不绝的许多小便者之后，花灯方始迎来。我目不转瞬地注视，想多看些，以偿盼待之劳。可是那些花灯都像灵隐道上的轿子一般匆匆地从我眼前抬过，不肯给我细看。而我呢，也因为在水泊中的浮墩上一动不动地继续站立了一小时多，异常疲劳，没有仔细看灯的精力了。只觉无数乒乓球制的小电灯在我眼前络绎不绝地经过，等它们过完之后，我靠了船主人的手援，跳出水泊，再穿过了汗臭的人海而归到船埠。

坐在船室中，船主人便问我今晚可得几幅画。我闭目探索，只有那茅厕中一个小便者的姿态，在我脑中留有明确的印象。便背摹其状。

廿三（1934）年五月十九日。[①]

① 本文篇末未署日期。这里所署的日期是发表在《论语》上时篇末所署。

鼓乐[1]

我本已决心，今晚不再上岸去看灯。预备在船室中洋烛光底下的小桌子上整理白天的画稿，或者躺着阅读新到的杂志；黄昏肚饥时向船主妇借只碗，到岸上去买碗“救命圆子”[2]吃吃，倒比投身在人海的涡旋里看灯，来得有味。但是我后来终于变计，又跟了船主人上岸去看灯了。

所以变计者，一半是因船主人的劝进。一半是受了鼓乐声的诱惑。船主人说，今晚的灯比昨晚好得多，有从别码头借来的台阁，有七十几节的“金华老龙”；远方特地雇舟来看的也不少，我们便路到此，乐得一看。我听了这般盛况，觉得应该随喜。同时鼓乐喧阗之声从远近各处送进我的船室来，使我听了觉得脚底上痒痒的，不由得收拾画具书册，跟着船主人跳上岸去“与众乐乐”了。

鼓乐所用之乐器，都是不能奏旋律的打乐器；所奏的音乐，也只是简单的几句腔调的反复，正如小孩子们口中所唱：

---

① 本篇曾载1934年6月20日《申报》。

② “救命圆子”，一种很小的圆子，极言其吃不饱，只能救饥饿者一命，故有此称呼。

"同同上，登登上，登登次登次登上……"但它具有一种奇妙的诱惑力，能吸引远近各处的人心。回忆昨晚在灯会中所听到的丝竹管弦之音，表面虽似复杂，但在我看来（其实是听来，但不妨说看来）反比鼓乐简单。凭我的记忆，昨夜所闻的丝竹管弦曲的旋律，若用简谱记录起来，都不外乎

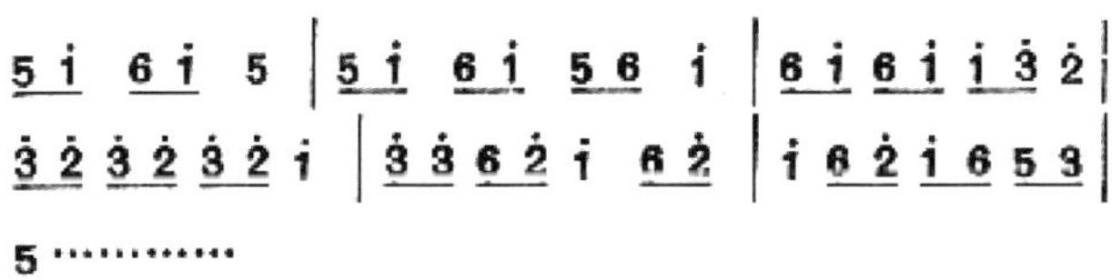

的反复敷衍。听得过久了，使我觉得心头上痒痒的，非常难熬，而且这痒无法可搔。即使立刻掩耳却走，仍是带着这痒走的。鼓乐则不然，远听时脚底上发痒，只要跟了大众跑，就会爽快。跑到近处，身心就会同化在鼓乐的节奏中，跟了它昂奋起来，至多也不过使你疲劳，却决不会使你难熬。这是中国音乐的特产。据我所知，西洋音乐上似乎没有全用打乐器组成的演奏法。

所以我跟船主人上岸，名为看灯，其实是想看看鼓乐的演奏。这回我们站在桥畔看灯。许多花灯像轿子一般地抬过桥去。后来为了前途障碍，一齐停下了。停在面前的，是装着"提倡新生活"，"与民同乐"等大字匾额的一座灿烂的台阁。后面跟着的是一班打乐队。我便从人丛中挤到后面去，细看那打乐队的演奏。奏法率直得很，但把锣、鼓、饶钹等乐器

交互相间地敲击，自成一种雍容浩荡的音节。鼓的奏法尤为率直，老是“同，同，同，同”地敲打，永不变化其节奏。但因了其他乐器的配合，自能表现一种特殊的效果。敲鼓的样子更使我惊异：一个孩子背着一面鼓向前跑，鼓手跟在后面一路打去，好像追杀败将一般。孩子跑得越快，后面打的追得越紧；孩子立停了让他打，他就摆开步位，出劲地痛打一顿。孩子背后受人痛打，前面管自吃芝麻饼。饼上的芝麻跟了鼓的“同，同，同，同”而纷纷地落下，他伸手接住了芝麻，慢慢地用舌舐食。我走近去看，但见他全身的衣服，筋肉，头发，都跟了鼓的打击而瑟瑟的颤动。他的内脏一定也跟着了鼓声而振荡着。这是一种无微不至的全身运动，吃下芝麻饼去，消化想是很快的。但我细看那孩子的年龄，不过十岁左右，他的皮肉很嫩，他的骨节一定不很坚牢。这样剧烈地敲到半夜，这副嫩骨头可被敲散，回家去非找他母亲重新编穿过不可呢。

速取速写簿来描取这般惊异的现状。描成，鼓乐队就开拔，渐渐远去。收了速写簿再听鼓乐，音节远不及以前的雍容浩荡，似乎带着凄惨之气了。

卅三（1934）年五月廿日。

好花时节不闲身

五月节。谓有芒之种谷可稼种矣。

初候，螳螂生。二候，鵙始鸣。三候，反舌无声。

芒种

6月5—7日

芒种的歌[1]

五点半到了。收了小提琴，放松弓弦，把琴和弓藏进匣子里，坐在北窗下的藤椅子里休息一下。一种歌声，从屋后的田坂[2]里飘进楼窗来：

“上有凉风下有水，
为啥勿唱响山歌？……”

辽阔的大气共鸣着，风声水声伴奏着，显得这歌声异常嘹亮，异常清脆，使我听了十分爽快。半个月以来的身体疲劳，和精神的苦痛，暂时都恢复了。

半个月以前，我进城去参加运动会。闭幕后，爸爸同我去访问新从外国回来的研究音乐的姨丈。姨丈说我很有音乐的天才。于是爸爸出了二十五块钱，托他给我买一只小提琴，并且在他的书架中选了这册枯燥的乐谱，教我天天练习。当时我们听了姨丈的演奏，大家很赞叹。爸爸曾经滑稽地骗我，说

① 本篇曾载1937年5月25日《新少年》第3卷第10期。

② 田坂，作者家乡话，意即水田。

姨丈娶了一位外国姨母，很会唱歌的。我也觉得这乐器的音色真同肉声一样亲切而美丽，誓愿跟他学习。为了我要进学，不能住在城里，爸爸特地请姨丈到我家小住了一个星期，指导我初步。我每天四点钟从学校回家，休息半小时，就开始拉小提琴，一直拉到五点半或六点。姨丈去后，由爸爸指导练习。练到现在，已经半个月了，弄得我身体非常疲劳，精神非常苦痛：我天天站着拉提琴，腿很酸痛，我天天用下巴夹住提琴，头颈好像受了伤。我的左手指天天在石硬的弦线上用力地按，指尖已经红肿，皮肤将破裂了。想要废止，辜负爸爸的一片好意，如何使得？他以前曾费七十块钱给我买风琴。为了我的手太小，搭不着八个键板，我的风琴练习没有正式进行。如今又费二十五块钱给我买提琴，特地邀请姨丈来家教我，自己又放弃了工作来督促我。这回倘再半途而废，如何对得起爸爸?倘再忍耐下去，实在有些吃不消了。

怪来怪去，要怪这册练习书太没道理。天天教我弹那枯燥无味的东西，不是“独揽梅，揽梅花，梅花扫……”便是“独揽梅独，揽梅花揽，梅花扫梅……”从来没有一个好听些的乐曲给我奏。老实说，七十块钱的风琴，二十五块钱的提琴，都远不如一块钱的口琴。那小家伙我一学就会，而且给我吹的都是有兴味的小曲。凡事总要伴着有兴味，才好干下去。现在这些提琴曲“味同嚼蜡”。要我每天放学后站着嚼一个钟头蜡，如何使得！……今天的嚼蜡已经过去，且到外面散步一下。我从藤椅子里起身，对镜整理我的童子军装，带着沉重的心情走下楼去。

走到楼下，看见外婆一手提着手巾包，一手扶着拐杖，正在走进墙门来。姆妈上前去迎接她。我走近外婆面前，大喊一声“敬礼”，立正举手。外婆吓了一跳，摇了两摇，几乎摇倒在地，幸而姆妈扶得快，不曾跌跤。啊哟，我险些儿闯了祸。但最近我们校里厉行童子军训练，先生教我们见了长辈必须如此敬礼。对外婆岂可不敬？不过我自知今天因为提琴练得气闷，不免喊得太响了些。对面的若是体操先生，我原是十分恭敬的，但换了外婆，我刚才好像就是骂人或斥狗，真真对她不起！幸而姆妈善为解释，外婆置之一笑。然而她的确受了惊吓，当她走过庭院，到厅上去坐的时候，她的手一直抚摩着自己的胸膛。姆妈因此不安，用不快的眼色看我。我自知闯祸，就乘机退避。

走到门边，听见门房间里发出一种声音，咿哑咿哑，同我的小提琴声完全相似。听他所奏的曲子，委婉流丽，上耳甜津津的。这是王老伯伯的房间。难道王老伯伯也出二十五块钱买了一口提琴，而且已经学得这样进步了？我闯进门房间，看见他坐在椅子里，仰起头，架起脚，正在奏乐。他的乐器是在一个竹筒上装一根竹管和两弦线而成的，形如木匠的锯子，用左手扶着，放在膝上拉奏。看他毫不费力，而且很写意，外加奏得很好听。他见我来，摇头摆尾地拉得越是起劲了。我一把握住他的乐器，问他这叫什么，奏的是什么曲。他把弓挂在乐器头上，全部递给我，让我观玩。说道：“哥儿有一个琴，我也有一个琴。你的值二十五块钱，我的只花三毛半。这叫做‘胡琴’，我刚才拉的叫做《梅花三弄》。你看好听不好听?”

我照他的姿势坐下，也拉拉胡琴看，觉得身体很舒服，发音很容易，远胜于我的提琴，而且音色也不很坏。我想起了.这是戏文里常用的乐器，剃头司务们也常玩着的。但所谓《梅花三弄》，以前我听人在口琴上吹，觉得很不好听，为什么王老伯伯所奏的似乎动人得很呢?我问他，他笑道：这叫做熟能生巧。我现在虽然又穷又老，年轻时也曾快活过来。那时候，我们村里一班小伙子，个个都会丝竹管弦。迎起城隍会来，我们还要一边走路，一边奏乐呢。那时拉一只《拜香调》，我现在还没有忘记。”说着就从我手中夺过胡琴去，咿哑咿哑地又拉起来。这是一种低级趣味的音乐，爸爸所称为靡靡之音的。我原感觉得不可爱，但似有一种魔力，着人如醉，不由我不听下去。听完了不知不觉地从他手里接过胡琴来，模仿着他的旋律而学习起来了。王老伯伯得了我这个知音，很是高兴，热心地来指导我。不久，我也在胡琴上学会了半曲《拜香调》，而且居然也会加花。

窗外有一个头在张望，我仔细一看，是爸爸。我犹如犯校规而被先生看见了一般，立刻还了胡琴，红着脸走出门去。爸爸没有问我什么，但说同我散步去。便拉了我的手，走到了屋后的田坂里。路旁有一块大石头，我们在石头上坐下了。

“你为什么请王老伯伯教那些乐器?”爸爸的声音很低，而且很慢；然而这是他对我最严厉的责备了。我不敢假造理由来搪塞，就把提琴练习如何吃力，如何枯燥无味，以及如何偶然受胡琴的诱惑的话统统告诉了他。最后我毅然地说：“这也不过是暂时的感觉。以后我一定要勇猛精进，决不抛弃我的小提琴。”

爸爸的脸色忽然晴朗了，怡然地说：“我很能原谅你。这是我的疏忽，没有预先把提琴练习的性状告诉你，而一味督察你用功。今天幸有这个机会，让我告诉你吧。你要记着：第一，音乐并不完全是享乐的东西，并非时时伴着兴味的。在未学成以前的练习时期，比练习英文数学更加艰苦，需要更多的努力和忍耐。第二，人生的事，苦乐必定相伴，而且成正比例。吃苦愈多，享乐愈大，反之，不吃苦就不得享乐。这是丝毫不爽的定理，你切不可忘记。你所学的提琴，是技术最难的一种乐器。须得下大决心，准备吃大苦头，然后可以从事学习的。从今天起，你可用另一副精神来对付它，暂时不找求享乐，且当它是一个难关。腿酸了也不管，头颈骨痛了也不管，指头出血了也不管，勇猛前进。通过了这难关，就来到享乐的大花园了。”

这时候，夕阳快将下山，农夫还在田坂里插秧。他们的歌声飘到我们的耳中：

“上有凉风下有水，
为啥勿唱响山歌？
肚里饿来心里愁，
哪里来心思唱山歌？……”

爸爸对我说：“你听农人们的插秧歌！芒种节到了，农人的辛苦从此开始了。插秧、种田、下肥、车水、拔草……经过不少的辛苦，直到秋深方才收获。他们此刻正在劳苦力作，肚饥心愁，比你每天一小时的提琴练习辛苦得多呢。”

我唯唯地应着，跟着他缓步归家。回家再见我的提琴，它似乎变了相貌，由嬉笑的脸变成严肃的脸了。

爸爸的扇子[①]

从烧野火饭这一天——立夏日——起，爸爸手里拿了一把折扇。虽然一个月来天气很冷，有几天他还穿棉袍子，但是这把扇子难得离开他的手。我们每天放学回家，看见他总是读着扇子上的字画，在院中徘徊。因为这正是他每天著述工作完毕而开始休息的时候，而他的休息时间娱乐法，最近已由种花种菜改变为读扇与院中散步了。

这曾经使得徐妈奇怪。她有一次对我说："你爸爸每天看那把扇子，看了这多天还看不厌，真耐烦呢！"我笑起来。原来她没有知道，爸爸有一藤篮的折扇，据姆妈说，大约共有一百多把。这是他历年请人书画，积受起来的。每年立夏过后，他就用扇，一两天调换一把。徐妈不知道这一点，以为他看的老是这一把，所以奇怪起来。我把这情形告诉了她，她更加奇怪了。"咦！一个人有一百多把扇子，好开爿扇子店了！扇子店里也拿不出这许多呢！"

姆妈对于他这点特癖，也常表示不赞成。娘舅家的叶心哥

① 本篇曾载1936年6月10日《新少年》第1卷第11期。

哥入中学时，姆妈向藤篮里拣扇子，对爸爸说：“你一个人也用不得这许多扇子。叶心很爱好字画，拣一把没有款识的送他作为入中学的纪念品吧。”但是爸爸不肯，反抗地说：“我的扇子都有印子，都有年代，而且每一把可以引起对于一书一画的两个朋友的怀念，怎么好拿去送人？你要送叶心，我自己画一把送他吧。倒比送现成的来得诚意。”以后他就把盛扇子的藤篮藏好。因此我们难得看见爸爸的扇子。最近他虽然天天拿着扇子，我们也只看见他拿着扇子而已，没有机会去细看他扇子上写着的字和描着的花。

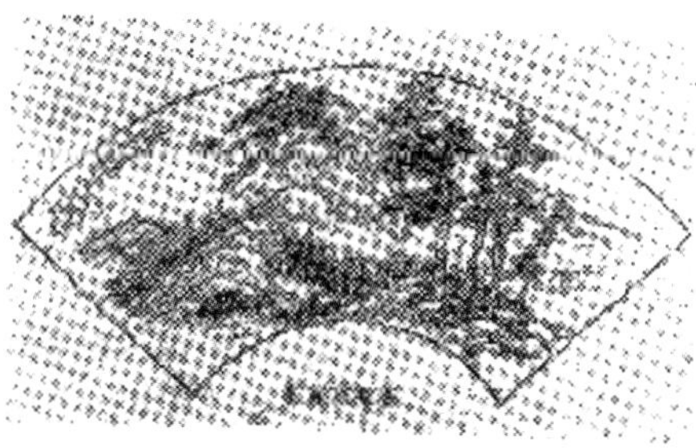

爸爸的扇子

今天放学回家后，弟弟从便所出来，笑嘻嘻地告诉我说：“爸爸的一件宝贝落在我手里了。你看！”他拿出一把扇子来。我接过来一看，正是这几天爸爸手里常常拿着的一把。料想这一定是爸爸遗忘在便所里的。弟弟说：“我们暂时不要还他。等他找的时候，要他讲个故事来交换！”我很赞成。同时我想：“爸爸天天捧着扇子在院子里踱来踱去地看，究竟扇子上有些什么花样？现在让我仔细看它一看。”但见一面写着字，全是草书，一个也识不得，一面描着画，有山，有树木，山间有一间房子，房子的窗洞里面有一个人，驼着背脊，伸着头颈，好像一只猢狲，看了令人觉得可笑。别的东西也都奇怪：那山好像草柴堆，一条一条的皱纹非常显著。那树木好像玩具，上面的树叶子寥寥数张，可以数得清楚。那房子小得很，只有一个窗洞，窗洞中只容一个人。而且孤零零的，旁边没有邻居，前后左右只是山和树。我不禁代替那猢狲似的人着急：设想到了晚上，暴风雨把这房子吹倒了，豺狼虎豹来吃这人了，喊“地方救命”[①]也没人答应。细看这环境里，全是荒山丛林，没有种米的田，种菜的地，不知这人吃些什么过活？这总是爸爸的朋友中的某一位画家所描的，不知这位画家为什么选择这样的光景来描在爸爸的扇子上？难道他自己欢喜住在这样的地方的？不然，难道是爸爸欢喜住在这种地方，特地请他这样描的？我心中诧异得很，就把这感想告诉弟弟。弟弟说：“上面有字呢。你看他怎么说的？”我把扇子左角上题着的两句诗念出来：“闲坐小窗读《周易》，不知春去几多时。”《周易》我知道的，是中国很古的、又很难读的，一部古书，就对弟弟说：“啊，原来这人住在这荒山中读古书，读得连日子都忘记，春去了几多时也不晓得呢！”弟弟说：“前天我们班里的陈金明在日记簿子上写错了日子，

① 意即喊附近一带地方上的人来救命。——编者注。

先生骂他‘糊涂’。这人连春去了几多时也不晓得，真是糊涂透顶了！”他想了一想，又自言自语地说：“扇子上为什么描这样的画，又题这样的诗？这有什么好处呢？”

外面有爸爸懊恼的声音：“到哪里去了？我明明记得放在便所里的脸盆架上的，怎么寻破了天也不见……”弟弟向我缩缩头颈，伸伸舌头，拿了扇子就走，我也跟他出去。弟弟把扇子藏在背后，对爸爸说：“爸爸找扇子么？我能给你寻着，倘你肯讲个故事给我们听。”爸爸知道他的花样，一面拉着他搜索，一面笑着说：“你还了我扇子，晚上讲故事给你听。”弟弟背后的扇子就被他搜去。他把扇子展开来反复细看，看见没有损坏，才表示放心。我乘机把关于画的怀疑质问他：“为什么他给你画上一个住在可怕的荒山里，而糊涂得连日子都忘记的人在扇子上？”爸爸笑一笑说：“这原是过去时代的大人所欢喜的画，你们当然不会欢喜，也不应该欢喜。”我更奇怪了，接着又问：“过去的大人为什么欢喜这个呢？”爸爸坐在藤椅上了，兴味津津地告诉我这样的话：“中国古时，人口没有现今这么多，交通没有现今这么便，事务没有现今这么忙，因此人的生活很安闲，种田吃饭，织布穿衣之外，可以从容地游山玩水。有的人终年住在山水间，平安地过着清静的生活。但这是远古时代的情形了。到后来，世间渐渐混乱，事务渐渐繁忙，人的生活已不容那么安闲，但是中国人有一种特别的脾气，就是‘好古’。对于无论什么东西，总以为现在的坏，古代的好。于是生在繁忙时代的人极赞美古代的清静生活，一心想回转去做古人才好。这梦想就在他们的画里表现出来。在京里做官的画家，偏偏喜画寒江上钓鱼一类的隐居生活，住在闹市里的画家，偏偏喜画荒山中读古书一类的清闲生活，山水画得越荒越好，人物画得越闲越好。”他指点他的扇子继续说，“于是产生了这样的没有邻侣，没有粮食，不怕风雨，不怕虎狼，而忘记了日子的荒山读《易》图。这原是不近人情的，但在他们看来，越不近人情越好。”说到这里他讥讽地笑起来。接着又认真地说：“可是现在这画不能使多数人欢喜了。因为现在这时代交通这么便，生存竞争这么烈，人生的灾难这么多，人们渐渐知道做过去的梦，无济于事，对于描写过去的闲静生活的画，也就减却了兴味。你们是现代人，在学校里受着现代人的教育，所以你们不会欢喜这种画，也不应该欢喜这种画。不但你们，就是我，对于这种画也不能发生切身的兴味。只是这把扇是三十年前的旧物，我把它当作纪念品看待，当作古董赏玩罢了。”爸爸折叠了扇子，立起身来，用了另一种兴味津津的语调继续说：“扇面是中国特有的一种绘画呢！要在弧形的框子里构一幅美观的图，倒是一件很不容易而很有趣味的事呢！其实画扇面不必依照古法，老是画些山水花卉，西洋画风的现代生活的题材，也可巧妙地装进弧形的构图中去。你们不妨试描描看，很有趣味的。”夜饭的碗筷已经摆在桌上。爸爸说过后捧了他的宝贝回进书室去，预先把它藏好了再来吃夜饭。我对于他最后的几句话觉得很有兴味。预备去买一张扇面来试描一下看。

钓鱼

第三件不能忘却的事。是与隔壁豆腐店里的王囡囡的交游，而这交游的中心，在于钓鱼。

那是我十二三岁时的事，隔壁豆腐店里的王囡囡是当时我的小侣伴中的大阿哥。他是独子，他的母亲、祖母和大伯，都很疼爱他，给他很多的钱和玩具，而且每天放任他在外游玩。他家与我家贴邻而居。我家的人们每天赴市，必须经过他家的豆腐店的门口，两家的人们朝夕相见，互相来往。小孩们也朝夕相见，互相来往。此外他家对于我家似乎还有一种邻人以上的深切的交谊，故他家的人对于我特别要好，他的祖母常常拿自产的豆腐干、豆腐衣等来送给我父亲下酒。同时在小侣伴中，王囡囡也特别和我要好。他的年纪比我大，气力比我好，生活比我丰富，我们一道游玩的时候，他时时引导我，照顾我，犹似长兄对于幼弟。我们有时就在我家的染坊店里的榻上玩耍，有时相偕出游。他的祖母每次看见我俩一同玩耍，必叮嘱囡囡好好看待我，勿要相骂。我听人说，他家似乎曾经患难，而我父亲曾经帮他们忙，所以他家大人们吩咐王囡囡照应我。

我起初不会钓鱼，是王囡囡教我的。他叫他大伯买两副钓竿，一副送我，一副他自己用。他到米桶里去捉许多米虫，浸在盛水的罐头里，领了我到木场桥头去钓鱼。他教给我看，先捉起一个米虫来，把钓钩由虫尾穿进，直穿到头部。然后放下水去。他又说："浮珠一动，你要立刻拉，那么钩子钩住鱼的颚，鱼就逃不脱。"我照他所教的试验，果然第一天钓了十几头白条，然而都是他帮我拉钓竿的。

第二天，他手里拿了半罐头扑杀的苍蝇，又来约我去钓鱼。途中他对我说："不一定是米虫，用苍蝇钓鱼更好。鱼喜欢吃苍蝇！"这一天我们钓了一小桶各种的鱼。回家的时候，他把鱼桶送到我家里，说他不要。我母亲就叫红英去煎一煎，给我下晚饭。

自此以后，我只管欢喜钓鱼。不一定要王囡囡陪去，自己一人也去钓，又学得了掘蚯蚓来钓鱼的方法。而且钓来的鱼，不仅够自己下晚饭，还可送给店里的人吃，或给猫吃。我记得这时候我的热心钓鱼，不仅出于游戏欲，又有几分功利的兴味在内。有三四个夏季，我热心于钓鱼，给母亲省了不少的菜蔬钱。

后来我长大了，赴他乡入学，不复有钓鱼的工夫。但在书中常常读到赞咏钓鱼的文句，例如什么"独钓寒江雪"，什么"渔樵度此身"，才知道钓鱼原来是很风雅的事。后来又晓得有所谓"游钓之地"的美名称，是形容人的故乡的。我大受其煽惑，为之大发牢骚：我想"钓鱼确是雅的，我的故乡，确是我的游钓之地，确是可怀的故乡。”但是现在想想，不幸而这题材也是生灵的杀虐！

我的黄金时代很短，可怀念的又只有这三件事。不幸而都是杀生取乐，都使我永远忏悔。

一九二七年梅雨时节。[1]

① 本文篇末原未署日期。这里所署的日期是发表在《小说月报》时篇末所署。

无条件劳动

小暑

7月6—8日

六月节。《说文》曰，暑，热也。就热之中分为大小，月初为小，月中为大，今则热气犹小也。

初候，温风至。二候，蟋蟀居壁。三候，鹰始击。

蛙鼓[①]

舅妈要生小弟弟了，姆妈到外婆家去作客，晚上也不回来。家里只剩我和爸爸两人。爸爸就叫我宿在他的房间里，睡在窗口的小床里。

今天天气很热，寒暑表的水银柱一直停留在八十七度上，不肯下降。爸爸点着蚊香，躺在床里看书。我关在小床里，又闷又热，辗转不能成寐。我叫爸爸：

“爸爸，我睡不着，要起来了。”

“现在已经十点钟了。再不睡梦明天你怎能起早上学呢?”

“明天是星期日呀，爸爸！”

“啊，我忘记了！那你起来乘乘凉再睡吧。我也热得睡不着，我们大家起来吧。”

我的爸爸最爱生活的趣味。他曾经说，我和姐姐未上学时，他的家庭生活趣味丰富得多。我和姐姐上学之后，虽然仍住在家，但日里到校，夜里自修，早眠早起，参与家庭生活的时机很少。这使得爸爸扫兴。去年姐姐到城里的中学去住宿

① 本篇曾载1937年6月10日《新少年》第3卷第11期。

了，家里只剩我一个孩子。而我又做学校的学生的时候多，做爸爸的儿子的时候少。爸爸的家庭生活愈加寂寥了。然而他的兴趣还是很高，每逢假期，常发起种种的家庭娱乐，不使它虚度过去。这些时候他口中常念着一句英语，“Work while work，play while play！”用以安慰或勉励他自己和我们。我最初不懂这句外国话的意思。后来姐姐入中学，学了英语，写信来告诉我，我才知道。姐姐说，每句第一个字要读得特别重，那么意思就是“工作时尽力地工作，游戏时尽情地游戏”。这时爸爸从床上起来，口里又念着这句话了：

“Work while work，play while play！现在是星期六晚上，天这样闷热，我们到野外去作夜游吧！”

“楼下长台脚边，还有两瓶汽水在那里呢！”这是我最关心的东西，就最先说了出来，“我们带到野外去喝吧！”

“这里还有饼干呢，今天外婆派人送来的，一同拿到野外去作夜picnic（郊游，野餐）吧！检出你的童子军干粮袋来，把汽水、枇杷统统放进去，你背在身上。汽水开刀不可忘记！”爸爸的兴趣不比我低。于是大家穿衣，爸爸拿了拐杖，我背了行囊，一同走下楼去。我向长台脚下摸出两瓶汽水，把它们塞进干粮袋里，就预备出门。

“轻轻地走，王老伯伯听见了要骂，不给我们出去的！”忘记了所伴着的是爸爸，不期地低声说出这样的话来。爸爸拉住我的手，吃吃地笑着，不说什么，只管向大门走。走到门房间相近，他忽然拉我立定，也低声说：“听！他们在奏音乐！”我立停了，倾耳而听，但闻门房间里响着最近唱过的《五月歌》。我跟着音乐，信口低唱起那首歌来：

“愿得江水千寻，洗净五月恨；
愿得绿荫万顷，装点和平景。
雪我祖国耻，解我民生愠。
愿得猛士如云，协力守四境。”

爸爸听了我唱的歌，很惊诧，低声地问：“是谁奏乐？”我附着他的耳朵说：“是王老伯伯拉胡琴，阿四吹笛。”爸爸更惊诧地说：“我道他们只会奏《梅花三弄》和《孟姜女》的！原来他们也会奏这种歌！不知这歌哪里来的，谁教他们奏的？”我说：“这是《开明唱歌教本》中的一曲，姐姐抄了从中学里寄给我。我借给华明看，华明借给他爸爸——华先生——看，华先生就教我们唱。前天我同华明在门房口唱这歌。王老伯伯问我唱的什么歌，我说唱的是爱国歌。外国人屡次欺侮我们，我们必须牢记在心。唱这歌，可以不忘国耻的。王老伯伯说他虽然是一个孤身穷老头子，听了街上的演讲，也气愤得很。他说我们好比同乘在一只大船里。外面有人要击沉我们的船，岂不是每人听了都气愤么？所以他也要来学这歌。他的音乐天才很高，听我唱了几遍，居然自己会在胡琴上拉奏，而把这旋律教给阿四，教他在笛上吹奏。如今他们两人会合奏了。”

爸爸听了我的话，默不作声，踏着脚尖走到门房间的窗边，在那里窥探。我跟着窥探。但见王老伯伯穿着一件夏布背心，坐在竹椅上拉胡琴。阿四也穿一件背心，把一脚搁在一堆杂物上，扯长了嘴唇拼命吹笛。大家眼睛看着鼻头，一本正经地，样子很可笑。但又很感佩。因为门房间里蚊子特别多，听见了奏乐声，一齐飞集拢来，叮在两人的赤裸裸的手臂上，小腿上，和王老伯伯的光秃秃的头皮上。两人的手都忙着奏乐，无暇赶蚊，任它们乱叮。其意思仿佛是为了爱国，不惜牺牲身上的血了。

忽然曲终，两人相视一笑，各自放下乐器，向身上搔痒。这时候四周格外沉静，但闻蚊虫声嗡嗡如钟，隆隆如雷，充满室中。我不期地高声喊出：“王老伯伯和阿四合奏，蚊子也合奏！”

王老伯伯和阿四听见人声，走出门房间来。看见爸爸和我深夜走出来，吃了一惊。爸爸忍着笑对他们说：“天气太热，我们要到野外散散步，你们等着门，我们一会儿就转来的。”王老伯伯一边搔痒，一边举头看看天色，说：“不下雨才好。早些回来吧。”就把我们父子二人关出在门外了。

门外一个毛月亮照着一片大自然，处处黑魆魆的令人害怕。麦田里吹来一股香气，怪好闻的。我忽然想起了昨夜的话，说道："爸爸，你昨夜教我一句苏东坡的好诗句，叫做'麦陇风来饼饵香'。现在我也闻到了，就是这种风的香气吧?"爸爸笑道："对啊，对啊！你闻到了饼饵香，我就请你吃饼干吧。我们到那田角的石条上去吃。"

四周都是青蛙的叫声。近处的咯咯咯咯，远处的咕咕咕咕。合起来如风雨声，如潮水声。闭目静听，又好像千军万马奔腾而来的声音。我说："门房间里有蚊子合奏，这里有青蛙合奏呢！"爸爸说："蛙的鸣声真像合奏，所以古人称它为'蛙鼓'。不但其音色如鼓，仔细听起来，其一断一续，一强一弱，好像都有节奏。这是不愧称为合奏的。你听！……这好像一个大orchestra的合奏。你晓得什么叫做orchestra？翻译做中国话，就是管弦乐队。你生长在乡下，还没有机会见过这种大合奏队。但无线电常常放送着。将来我们也去买一架收音机，你就可听见，虽然不能看见。合奏的种类甚多。两人也是合奏，三、四人也是合奏。大起来，数十人、数百人的合奏也有——就是所谓orchestra。但你要知道，刚才王老伯伯和阿四的花头，其实不能称为'合奏'，只能称为'齐奏'。因为合奏不但是许多乐器的共演，同时又是许多旋律的共进。许多旋律各不相同，而互相调和，在各种乐器上同时表出，即成为合奏。王老伯伯和阿四所用的乐器虽然各异，但所奏的旋律完全相同，所以只能称之为齐奏，还没有被称为合奏的资格。”这时我的汽水已经喝了半瓶。

“orchestra的人数和乐器数多少不定。普通小的，数十人奏十数种乐器。大的，数百人奏数十种乐器。远听起来，其声音正像这千万只青蛙的一齐鸣鼓一样。乐器可分为四大群。第一群是弦乐器，都是弦线发音的，像你近来学习的提琴，便是弦乐器中最主要的一种。提琴同时用数个，或十数个，或数十个，所奏的是曲中最主要的旋律。第二群是木管乐器，就是箫笛之类的东西，音色特别清朗。第三群是金管乐器(铜管乐器)，就是喇叭之类的东西，声音最响。第四群是打乐器(打击乐器)，就是钟鼓之类的东西，声音最强。——所以orchestra的演奏台上，这四群乐器的位置都有一定：弦乐器最主要，故位在最前方。木管乐器次之。金管乐器声音最响，宜于放在后面。打乐器声音最强，而且大都是只为加强拍子的，故放在最后。用这四大群乐器合奏的乐曲。叫做‘交响乐’，是最长大的乐曲。”我吞了最后的一口汽水。

“最大的orchestra，有一千多人，叫做‘千人管弦乐队’。现在我们不妨把这无数的青蛙想象做一个‘千人管弦乐队’，而坐在这里听他们的交响乐！”爸爸也喝完了汽水。

夜露渐重，摸摸身上有些湿了。我们不约而同地立起身来。我收拾汽水瓶，跟着爸爸缓步回家。就寝时已经十二点钟。这晚上我做了两个梦。第一个梦是爸爸买了一架收音机来装在吃饭间里，开出来怪好听的。第二个是梦见许多青蛙，拿着许多乐器——就中鼓特别多——在一个舞台合奏交响乐。忽然一只青蛙大吹起喇叭来，把我惊醒。原来是工厂里放汽管！时光还只五点半。想起了今天是星期日，我重又睡着了。

蝌蚪[1]

一

每度放笔，凭在楼窗上小憩的时候，望下去看见庭中的花台的边上，许多花盆的旁边，并放着一只印着蓝色图案模样的洋瓷[2]面盆。我起初看见的时候，以为是洗衣物的人偶然寄存着的。在灰色而简素的花台的边上，许多形式朴陋的瓦质的花盆的旁边，配置一个机械制造而施着近代风图案的精巧的洋瓷面盆，绘画地看来，很不调和，假如眼底展开着的是一张画纸，我颇想找块橡皮来揩去它。

一天，二天，三天，洋瓷面盆尽管放在花台的边上。这表示不是它偶然寄存，而负着一种使命。晚间凭窗欲眺的时候，看见放学出来的孩子们聚在墙下拍皮球。我欲知道洋瓷面盆的意义，便提出来问他们。才知道这面盆里养着蝌蚪，是春假中他们向田里捉来的。我久不来庭中细看，全然没有知道我家新

① 本篇曾载1934年5月20日《人间世》第4期。

② 洋瓷，即搪瓷。

近养着这些小动物；又因面盆中那些蓝色的图案，细碎而繁多，蝌蚪混迹于其间，我从楼窗上望下去，全然看不出来。蝌蚪是我儿时爱玩的东西，又是学童时代在教科书里最感兴味的东西，说起来可以牵惹种种的回想，我便专诚下楼来看它们。

洋瓷面盆里盛着大半盆清水，瓜子大小的蝌蚪十数个，抖着尾巴，急急忙忙地游来游去，好象在找寻什么东西。孩子们看见我来欣赏他们的作品，大家围集拢来，得意地把关于这作品的种种话告诉我：

“这是从大井头的田里捉来的。”

“是清明那一天捉来的。”

“我们用手捧了来的。”

“我们天天换清水的呀。”

“这好像黑色的金鱼。”

“这比金鱼更可爱！”

“他们为什么不绝地游来游去？”

“他们为什么还不变青蛙？”

他们的疑问把我提醒，我看见眼前这盆玲珑活泼的小动物，忽然变成一种苦闷的象征。

我见这洋瓷面盆仿佛是蝌蚪的沙漠。它们不绝地游来游去，是为了找寻食物。它们的久不变成青蛙，是为了不得其生活之所。这几天晚上，附近田里蛙鼓的合奏之声，早已传达到我的床里了。这些蝌蚪倘有耳，一定也会听见它们的同类的歌声。听到了一定悲伤，每晚在这洋瓷面盆里哭泣，亦未可知！它们身上有着泥土水草一般的保护色，它们只合在有滋润的泥土，丰肥的青苔的水田里生活滋长。在那里有它们的营养物，有它们的安息所，有它们的游乐处，还有它们的大群的伴侣。现在被这些孩子们捉了来，关在这洋瓷面盆里，四周围着坚硬的洋铁，全身浸着淡薄的白水，所接触的不是同运命的受难者，便是冷酷的珐琅质。任凭它们镇日急急忙忙地游来游去，终于找不到一种保护它们，慰安它们，生息它们的东西。这在它们是一片渡不尽的大沙漠。它们将以幼虫之身，默默地夭死在这洋瓷面盆里，没有成长变化，而在青草池塘中唱歌跳舞的欢乐的希望了。

这是苦闷的象征，这是象征着某种生活之下的人的灵魂！

二

我劝告孩子们："你们只管把蝌蚪养在洋瓷面盆中的清水里，它们不得充分的养料和成长的地方，永远不能变成青蛙，将来统统饿死在这洋瓷面盆里！你们不要当它们金鱼看待！金鱼原是鱼类，可以一辈子长在水里；蝌蚪是两栖类动物的幼虫，它们盼望长大，长大了要上陆，不能长居水里。你看它们急急忙忙的游来游去，找寻食物和泥土，无论如何也找不到，样子多么可怜！"

孩子们被我这话感动了，颦蹙地向洋瓷面盆里看。有几人便问我："那么，怎么好呢？"

我说："最好是送它们回家——拿去倒在田里。过几天你们去探访，它们都已变成青蛙，'哥哥，哥哥'地叫你们了。"

孩子们都欢喜赞成，就有两人抬着洋瓷面盆，立刻要送它们回家。

我说："天将晚了，我们再留它们一夜明天送回去罢。现在走到花台里拿些它们所欢喜的泥来，放在面盆里，可以让它们吃吃，玩玩。也可让它们知道，我们不再虐待它们，我们先当作客人款待它们一下，明天就护送它们回家。"

孩子们立刻去捧泥，纷纷地把泥投进面盆里去。有的人叫着："轻轻地，轻轻地！看压伤了它们！"

不久，洋瓷面盆底里的蓝色的图案都被泥土遮掩。那些蝌蚪统统钻进泥里，一只也看不见了。一个孩子寻了好久，锁着眉头说："不要都压死了？"便伸手到水里拿开一块泥来看。但见四个蝌蚪密集在面盆底上的泥的凹洞里，四个头凑在一起，尾巴向外放射，好象在那里共食什么东西，或者共谈什么话。忽然一个蝌蚪摇动尾巴，急急忙忙地游了开去。游到别的一个泥洞里去一转，带了别的一个蝌蚪出来，回到原处。五个人聚在一起，五根尾巴一齐抖动起来，成为五条放射形的曲线，样子非常美丽。孩子们呀呀地叫将起来。我也暂时忘记了自己的年龄，附和着他们的声音呀呀地叫了几声。

随后就有几人异口同声地要求："我们不要送它们回家，我们要养在这里！"我在当时的感情上也有这样的要求；但觉左右为难，一时没有话回答他们，踌躇地微笑着。一个孩子恍然大悟地叫道：“好！我们在墙角里掘一个小池塘倒满了水同田里一样，就把它们养在那里。它们大起来变成青蛙，就在墙角里的地上跳来跳去。”大家拍手说：“好！”我也附和着说：“好！”大的孩子立刻找到种花用的小锄头，向墙角的泥地上去垦。不久，垦成了面盆大的一个池塘。大家说：“够大了，够大了！”“拿水来，拿水来！”就有两个孩子扛开水缸的盖，用浇花壶提了一壶水来，倾在新开的小池塘里。起初水满满的，后来被泥土吸收，渐渐地浅起来。大家说：“水不够，水不够。”小的孩子要再去提水，大的孩子说：“不必了，不必了，我们只要把洋瓷面盆里的水连泥和蝌蚪倒进塘里，就正好了。”大家赞成。蝌蚪的迁居就这样地完成了。

夜色朦胧，屋内已经上灯。许多孩子每人带了一双泥手，欢喜地回进屋里去，回头叫着：“蝌蚪，再会！”“蝌蚪，再会！”“明天再来看你们！”“明天再来看你们！”一个小的孩子接着说：“它们明天也许变成青蛙了。”

三

洋瓷面盆里的蝌蚪，由孩子们给迁居在墙角里新开的池塘里了。孩子们满怀的希望，等候着它们变成青蛙。我便怅然地想起了前几天遗弃在上海的旅馆里的四只小蝌蚪。

今年的清明节，我在旅中度送。乡居太久了有些儿厌倦，想调节一下。就在这清明的时节，做了路上的行人。时值春假，一孩子便跟了我走。清明的次日，我们来到上海。十里洋场，我一看就生厌，还是到城隍庙里去坐坐茶店，买买零星玩意，倒有趣味。孩子在市场的一角看中了养在玻璃瓶里的蝌蚪，指着了要买。出十个铜板买了。后来我用拇指按住了瓶上的小孔，坐在黄包车里带它回旅馆去。

回到旅馆，放在电灯底下的桌子上观赏这瓶蝌蚪，觉得很是别致：这真象一瓶金鱼，共有四只。颜色虽不及金鱼的漂亮，但是游泳的姿势比金鱼更为活泼可爱。当它们潜在瓶边上时，我们可以察知它们的实际的大小只及半粒瓜子。但当它们游到瓶中央时，玻璃瓶与水的凸镜的作用把它们的形体放大，变化参差地映入我们的眼中，样子很是好看。而在这都会的旅馆的楼上的五十支光电灯底下看这东西愈加觉得稀奇。这是春日田中很多的东西。要是在乡间，随你要多少，不妨用斗来量。但在这不见自然面影的都会里，不及半粒瓜子大的四只，便已可贵，要装在玻璃瓶内当作金鱼欣赏了，真有些儿可怜。而我们，原是常住在乡间田畔的人，在这清明节离去了乡间而到红尘万丈的中心的洋楼上来鉴赏玻璃瓶里的四只小蝌蚪，自己觉得可笑。这好比富翁舍弃了家里的酒池肉林而加入贫民队里来吃大饼油条；又好比帝王舍弃了上苑三千而到民间来钻穴窥墙。

一天晚上，我正在床上休息的时候，孩子在桌上玩弄这玻璃瓶，一个失手，把它打破了。水泛滥在桌子上，里面带着大大小小的玻璃碎片，蝌蚪躺在桌上的水痕中蠕动，好似涸辙之鱼，演成不可收拾的光景，归我来办善后。善后之法，第一要救命。我先拿一只茶杯，去茶房那里要些冷水来，把桌上的四个蝌蚪轻轻地掇进茶杯中，供在镜台上了。然后一一拾去玻璃的碎片，揩干桌子。约费了半小时的扰攘，好容易把善后办完了。去镜台上看看茶杯里的四只蝌蚪，身体都无恙，依然是不绝地游来游去，但形体好像小了些，似乎不是原来的蝌蚪了。以前养在玻璃瓶中的时候，因有凸镜的作用，其形状忽大忽小，变化百出，好看得多。现在倒在茶杯里一看，觉得就只是寻常乡间田里的四只蝌蚪，全不足观。都会真是枪花（枪花，江南一带方言，意即欺人之计。）繁多的地方，寻常之物，一到都会里就了不起。这十里洋场的繁华世界，恐怕也全靠着玻璃瓶的凸镜的作用映成如此光怪陆离。一旦失手把玻璃瓶打破了，恐怕也只是寻常乡间田里的四只蝌蚪罢了。

过了几天，家里又有人来玩上海。我们的房间嫌小了，就改赁大房间。大人，孩子，加以茶房，七手八脚地把衣物搬迁。搬好之后立刻出去看上海。为经济时间计，一天到晚跑在外面，乘车，买物，访友，游玩，少有在旅馆里坐的时候，竟把小房间里镜台上的茶杯里的四只小蝌蚪完全忘却了；直到回家后数天，看到花台边上洋瓷面盆里的蝌蚪的时候，方然忆及。现在孩子们给洋瓷面盆里的蝌蚪迁居在墙角里新开的小池塘里，满怀的希望，等候着它们变成青蛙。我更怅然地想起了遗弃在上海的旅馆里的四只蝌蚪。不知它们的结果如何？

大约它们已被茶房妙生倒在痰盂里，枯死在垃圾桶里了？妙生欢喜金铃子，去年曾经想把两对金铃子养过冬，我每次到这旅馆时，他总拿出他的牛筋盒子来给我看，为我谈种种关于金铃子的话。也许他能把对金铃子的爱推移到这四只蝌蚪身上，代我们养着，现在世间还有这四只蝌蚪的小性命的存在，亦未可知。

然而我希望它们不存在。倘还存在，想起了越是可哀！它们不是金鱼，不愿住在玻璃瓶里供人观赏。它们指望着生长，发展，变成了青蛙而在大自然的怀中唱歌跳舞。它们所憧憬的故乡，是水草丰足，春泥粘润的田畴间，是映着天光云影的青草池塘。如今把它们关在这商业大都市的中央，石路的旁边，铁筋建筑的楼上，水门汀砌的房笼内，瓷制的小茶杯里，除了从自来水龙头上放出来的一勺之水以外，周围都是瓷、砖、石、铁、钢、玻璃、电线和煤烟，都是不适于它们的生活而足以致它们死命的东西。世间的凄凉、残酷和悲惨，无过于此。这是苦闷的象征，这象征着某种生活之下的人的灵魂。

假如有谁来报告我这四只蝌蚪的确还存在于那旅馆中，为了象征的意义，我准拟立刻动身，专赴那旅馆中去救它们出来，放乎青草池塘之中。

一九三四年四月廿二日。

大暑

7月22—24日

八月中。月中至，今则热气尤盛。

初候，腐草为萤。二候，土润溽。三候，大雨时行。

昨日豆花棚下过　忽然迎面好风吹　独自立多时

盛夏的某晚

花台里生出三枝扁豆秧来。我把它们移种到一块空地上，并且用竹竿搭一个棚，以扶植它们。每天清晨为它们整理枝叶，看它们欣欣向荣，自然发生一种兴味。

那蔓好像一个触手，具有可惊的攀缘力。但究竟因为不生眼睛，只管盲目地向上发展，有时会钻进竹竿的裂缝里，回不出来，看了令人发笑。有时一根长条独自脱离了棚，颤袅地向空中伸展，好像一个摸不着壁的盲子，看了又很可怜。这等时候便需我去扶助。扶助了一个月之后，满棚枝叶婆娑，棚下已堪纳凉闲话了。

有一天清晨，我发见豆棚上忽然有了大批的枯叶和许多软垂的蔓，惊奇得很。仔细检查，原来近地面处一支总干，被不知什么东西伤害了。未曾全断，但不绝如缕。根上的养分通不上去，凡属这总干的枝叶就全部枯萎，眼见得这一族快灭亡了。

这状态非常凄惨，使我联想起世间种种的不幸。

一九三三年九月。

热天写稿[①]

从夏至到现在，半个多月以来，天好像生了大病。人们相见时第一句总是“你看今天有得好些吗”？回答的大概是“不见得！比昨天更热了”！或者是“连风都没有了”。至多是“稍微好些”。寒暑表上的水银好像一个勤勉学生的争分数，只想弄到full mark（满分），或竟超出其上。

吾乡有俗语说：“陈抟老祖活了八百，勿曾见过黄梅水勿发。”可见陈抟老祖的寿命太短，眼界未广。假如他能活到今年，就说不出这句话。今年的黄梅时节，看来不是迟到，而是请假了。现在快到初伏，还是天天青天白日，浇上水去也不会落下雨来似的。河里、池里、田里，都已见底。草木禾秧快要枯死。正是“黄梅时节家家旱，枯草池塘处处泥”。

在这大热大旱的时候，我所感到困苦的，第一是笔头的易干。那枝羊毛笔必须一刻不停地工作；停了片刻，笔头上就干结，非润笔不可。只管要润笔也讨厌。于是我右手握笔，左手拿了储水的铜笔套等候着。等到停笔的时候，立刻把笔套进铜笔套管里，

① 本篇曾载1934年8月1日《论语》第4卷第46期。

要写时再拔出来。然而这方法也不完全有效。到后来铜笔套管里储蓄着的水蘸干了，套了一会拔出来，笔头还是干结，写不出字。总之，在这样热的天气之下写稿，终非时时润笔不可。

润笔的地方，不外砚子和水盂。这两处的水，看似比我的笔端多得多，但也不能时时润我的笔，砚子里望去好似汪洋一片黑海，其实只有表面薄薄的一层水，底下便硬如石田了。在这样热的天气之下，这薄薄的一层墨水也很容易干燥；若是新砚子，这薄薄的一层墨水给它自己吸收还不够，哪里还有余沥来润我的笔？逢到这种时光，我只得拿笔向水盂去蘸。水盂中固然可以装很多的水，然而我的笔也不能每次蘸到。因为它的消费也很多：第一，每天被白日蒸发掉的水不少。第二，那只小猫阿花每天要来饮水一二次。这几天天气特别热，它又穿上那件翻转皮外套，热得厉害，口也渴得厉害，每天要来饮水三四次。虽然不是牛饮，但水盂的容量毕竟有限，禁不起猫饮三四次的。所以我把干结的笔放到砚子上，或者伸进水盂里，往往不得润湿，非另外设法求水不可。有时感觉麻烦不过，投笔而起，往有风的地方去乘凉了。旱年没得清茶喝，喝几口南风，或者西风，也觉爽快。

在这样大旱大热的天气之下，我希望换一种无须润的笔来写稿。换用外国式的钢笔、自来水笔吗？不行！外国人用的钢笔，需要润笔尤多！在平时，写了几个字，就非伸进墨水瓶里去蘸水不可，到了这样炎热的时光，其蘸水尤勤。任凭你用最新式的波罗笔头，写了一行字笔头也就干结。而且墨水瓶中水也特别容易蒸发。蒸发完了，非出几毛大洋[①]去另买一瓶墨水不可。用自来水笔呢，凭着笔管里暗中储蓄的效力，似觉墨水源源而来，笔头不怕不润。然而橡皮管子里储蓄容易用完，用完之后，要求吸水更多。浅浅的墨水瓶还够不上给它吸，它非沉浸在满满的墨水瓶中吸一个饱不可。况且橡皮管里储蓄着的墨水，在这几天的炎暑期中，也不能顺利供给到你的笔头上来。往往在笔头上干结而阻滞墨水的来路，教你写不出字。故在这几天写稿，中国的毛笔和西洋的钢笔、自来水笔，都时时刻刻地要润笔，都是不适用的。

我想，无须润笔的，只有铅笔或木炭。铅笔用钝了要削，仍不免麻烦。只有木炭可以爽爽快快地一直用到底，没有什么润笔，吸水等讨厌的事。我们不要那种经过许多人工或装着许多机关的笔，我们可拿农人种在堤旁的柳枝，或者木匠劈下来的木条来，教它受火的洗礼，造成一种极真率、自然而便利的笔。用这种笔，欢喜写的时候便写，应该写的时候便写，没有笔头干结的阻碍，也没有润笔的需要，写稿真是何等爽快的事！但稿纸上这种细碎的格子必须放大或除去。否则用这种笔写字仍受拘束；不受拘束时好像一种越轨行动。

廿三（1934）年七月十五夜。

① 当时角币有大洋小洋之分：一毛大洋合30个铜板，一毛小洋合25个。

秋

立秋一过，便觉秋意一天浓似一天了。自家人返故乡后，近来颇感到独居的清趣。行动与思想，都极自由，不似前日之受拘束，而回想那种拘束，又觉甜蜜可恋。

船头不是仙源近　那得飞来数片花

立秋

8月7—9日

七月节。 立，始建也。秋，揫也，物于此而揫敛也。

初候，凉风至。二候，白露降。三候，寒蝉鸣。

立秋一过

一

立秋一过，便觉秋意一天浓似一天了。自家人返故乡后，近来颇感到独居的清趣。行动与思想，都极自由，不似前日之受拘束，而回想那种拘束，又觉甜蜜可恋。

丙寅（1926）年乞巧节。

二

近来的乐事，只是“默看”“沉思”。尤其是晚间喝了三杯酒，仰卧了看星，可以抽发无穷的思想。天体究竟是什么？怎样？借几本天文学的书来看，书中只是说了许多记不牢名称与认不出位置的星，全没有答复我的疑问。我就把书去还了。

丙寅（1926）年七月初八日。

月的大小[①]

“啊，今晚的月亮好大！”

“你看这月亮有多么大？”

“我看有饭碗大。”

“不止，我看有三号钵头大。”

“哪里？我看有脸盆大呢。”

“咦！人的眼睛怎会这样不同？”

“听说看见月亮大的胆子大，看见月亮小的胆子小。……”

楼窗下的弄里有一班人在那里看月亮，谈话。夜静更深，一句一字都清晰地送进楼窗来。这样的话我在月夜不知听到过多少次数了。但每次听到的时候，心中总是疑怪：月亮的大小，他们怎么会说得定？据我看，可大可小，没有一定。记得有一次月夜有人问我：“你看见月亮怎样大？”我把月亮同近处的树叶子比量一下，回答说：“像铜板大。”大家都笑了，说道：“那是一颗星了！不信你看见的月亮这样小的！胡

① 本篇曾载1933年9月《中学生》第37号。

闹！”我其实并非胡闹，但也不分说了。后来又有一次被问，我想这会说得大些吧，便把月亮同远处的房屋的窗子一比较，回答说：“我看同七石缸大。”人家又笑煞，说道：“这么大的月亮不要吓死了人？”也有人嘲笑我说：“他是画家，画家的眼睛是特别的！”我心中叫冤，但是也无法辩白。

这个问题在我心中一直为悬案，我相信他们不会乱说，但我其实也不是胡闹，更不是要扮画家，其中必有一个道理。一向没有闲工夫去推究，这一晚夜深人静，又有对象摆在眼前，我便决意考察它一个究竟。

我把手臂伸直，闭住一目，就用手里的香烟嘴去测量月亮？看见香烟嘴正好遮住月亮。这样看来，月亮不过像一颗围棋子大小。因为香烟嘴之阔大约等于围棋子的直径。我又从离我一二丈远的柳树梢上窥测月亮，看见一瓣柳叶正好撑住了月亮的圆周。这样看来，月亮有一块洋钱般大小(因为一张柳叶之长，大约等于洋钱的直径。以下同理)。我又用离我四五丈远的围墙上的瓦片来同月亮比较，看见瓦片的一边之长恰等于月亮的直径，这样看来，月亮有饭碗大小。我又用离我十来丈远的烟囱来同月亮比较，看见烟囱恰好装在月亮里。这样看来，月亮有脸盆来大小。我又用离我数十丈远的人家的楼窗来同月亮比较。看见楼窗之长也等于月亮的直径。这样看来，月亮就有七石缸一般大了。我想，假如很远的地方有一个宝塔，宝塔一定可以纳入在月亮里，使月亮的直径与宝塔同长。又假如，这里是一片海，海上升明月的时候，远处的兵舰也可全部纳入在月亮里，那时的月亮就比兵舰更大了。

于是我想：世人看物的大小有两种看法。第一种是绝对的大小，第二种是比较的大小。绝对的大小就是实际的尺寸。例如“一川碎石大如斗”，便是说用尺去量起碎石来，都同斗大。又如说孙行者的金箍棒“碗来粗细”，便是说用尺去量起金箍棒来，直径等于碗的直径。比较的大小就是远近法的大小。譬如这条弄的彼端有一个母亲和一个孩子走来，假如孩子跑得快，比母亲上前了数丈，我们望去，便见母亲和孩子一样大；孩子若比母亲上前了十余丈，我们望去便见母亲反比孩子小了。即距离的远近与物的大小成反比例。古人诗云：“秋景墙头数点山。”又云：“窗含西岭千秋雪。”讲到实物，山比墙和窗大得不可言；但山距离远了，竟小得可以摆在墙头，甚至含入窗中。可知这两种看法，前者是固定的，后者则因距离而变化，没有一定。

看月亮，当然用第二种看法。因为月亮距人很远，虽然天文学者曾经测得它的直径是三千四百KM（即kilometre，公里），但我们不能拿下月亮，用尺来量量看。况且我们这班看月亮的人，都没听到天文学者的报告，即使听到了也未必相信。故月亮是一种可望而不可接的悬空的形象，不比碎石或金箍棒地可以测量实际的尺寸。故说“一川碎石大如斗”，“金箍棒碗来粗细”，都行；但说“月亮像脸盆大”，意义很不明了，须得指定脸盆对你的距离才行。因为脸盆离你近了，形象会大起来；离你远了，形象会小起来，仅说脸盆大岂可作为尺度？故用东西来比方月亮的大小，其意思应该是：月亮像离我二三尺远的围棋子大，或离我一二丈远的洋钱大，或离我四五丈远的饭碗大，或离我十来丈远的脸盆大，或离我数十丈远的七石缸大，或离我数里以上的宝塔或兵舰大。充其极端，把距离推广到三十九万KM的时候，月亮正是一片直径三千四百KM的圆形，即月亮同实际的月亮大。反之，若拿一根火柴贴近在瞳孔前窥测，则火柴可以遮住月亮，即月亮只有菜子般大小。可知月亮的大小，全是与各种距离的实物比较而言，并无一定。这可证明我的话不是胡闹，更不是要装作画家。

但他们的看法毕竟也是不错的。不过没有说出东西对自己的距离，所以使我疑怪。古诗人描写月亮，说像“白玉盘”，像“宝镜”。坊间所编印的小学国语教科书里说，“像个球，像个盘”。可知人们对于月亮的大小，所见略同。即大约像饭碗、钵头、球镜、盘、脸盆等一类东西的大小。换言之，人们都是拿距离自己数丈乃至十数丈的东西来比较月亮的大小的。数丈乃至十数丈，是绘画的观察上最普通的距离。风景中最主要的前景，大都是这距离中的景物。可知人们对月，都能自然地应用绘画的观察法。

一九三三年新秋，于石湾，为《中学生》作。

处暑

8月22—24日

七月中。处，止也，暑气至此而止矣。

初候，鹰乃祭鸟。二候，天地始肃。三候，禾乃登。

几人相忆在江楼

钱江看潮记[1]

阴历八月十八，我客居杭州。这一天恰好是星期日，寓中来了两位亲友，和两个例假返寓的儿女。上午，天色阴而不雨，凉而不寒。有一个人说起今天是潮辰，大家兴致勃勃起来，提议到海宁看潮。但是我左足趾上患着湿毒，行步维艰还在其次；鞋根拔不起来，拖了鞋子出门，违背新生活运动，将受警察干涉。但为此使众人扫兴，我也不愿意。于是大家商议，修改办法：借了一只大鞋子给我左足穿了，又改变看潮的地点为钱塘江边，三廊庙。我们明知道钱塘江边潮水不及海宁的大，真是“没啥看头”的。但凡事轮到自己去做时，无论如何总要想出它一点好处来，一以鼓励勇气，一以安慰人心。就有人说：“今年潮水比往年大，钱塘江潮也很可观。”“今天的报上说，昨天江边车站的铁栏都被潮水冲去，二十几个人爬在铁栏上看潮，一时淹没，幸为房屋所阻，不致与波臣为伍，但有四人头破血流。”听了这样的话，大家觉得江干不亚于海宁，此行一定不虚. 我就伴了我的两位亲友，带了我的女儿和一个小孩子，一行六人，就于上午十时动身赴江边。我两脚穿了一大一

① 本篇曾载1935年10月1日《论语》第73期。

小的鞋子跟在他们后面。

我们乘公共汽车到三廊庙，还只十一点钟。我们乘义渡过江，去看看杭江路的车站，果有乱石板木狼藉于地，说是昨日的潮水所致的。钱江两岸两个码头实在太长，加起来恐有一里路。回来的时候，我的脚吃不消，就坐了人力车。坐在车中看自己的两脚，好像是两个人的。倘照样画起来，见者一定要说是画错的，但一路也无人注意，只是我自己心虚，偶然逢到有人看我的脚，我便疑心他在笑我，碰着认识的人，谈话之中还要自己先把鞋的特殊的原因告诉他。他原来没有注意我的脚，听我的话却知道了。善于为自己辩护的人，欲掩其短，往往反把短处暴露了。

我在江心的渡船中遥望北岸，看见码头近旁有一座楼，高而多窗，前无障碍。我选定这是看潮最好的地点。看它的模样，不是私人房屋，大约是茶馆酒店之类，可以容我们去坐的。为了脚痛，为了口渴，为了肚饥，又为了贪看潮的眼福，我遥望这座楼觉得异常玲珑，犹似仙境一般美丽。我们跳上码头，已是十二点光景。走尽了码头，果然看见这座楼上挂着茶楼的招牌，我们欣然登楼。走上扶梯，看见列着明窗净几，全部江景被收在窗中，果然一好去处。茶客寥寥，我们六人就占据了临窗的一排椅子。我回头喊堂倌："一红一绿！"堂倌却空手走过来，笑嘻嘻地对我说："先生，今天是买坐位的，每位小洋四角。"我的亲友们听了这话都立起身来，表示要走。但儿女们不闻不问，只管凭窗眺望江景，指东话西，有说有笑，正是得其所哉。我也留恋这地方，但我的亲友们以为座价太贵，同堂倌讲价，结果三个小孩子“马马虎虎”，我们六个人一共出了一块钱。[①]先付了钱，方才大家放心坐下。托堂倌叫了六碗面，又买了些果子，权当午饭。大家正肚饥，吃得很快。吃饱之后，看见窗外的江景比之前更美丽了。

我们来得太早，潮水要三点钟才到呢。到了一点半钟，我们才看见别人陆续上楼来。有的嫌座价贵，回了下去。有的望望江景，迟疑一下，坐下了。到了两点半钟，楼上的座位已满，嘈杂异常，非复吃面时可比了。我们的座位幸而在窗口，背着嘈杂面江而坐，仿佛身在泾渭界上，另有一种感觉。三点钟快到，楼上已无立锥之地。后来者无座位，不吃茶，亦不出钱。我们的背后挤了许多人。回头一看，只见观者如堵。有男有女，有老有少，更有被抱着的孩子。有的坐在桌上，有的立在凳上，有的竟立在桌上。他们所看的，是照旧的一条钱塘江。久之，久之，眼睛看得酸了，腿站得痛了，潮水还是不来。大家倦起来，有的垂头，有的坐下。忽然人丛中一个尖锐的呼声：“来了！来了！”大家立刻把脖子伸长，但钱塘江还是照旧。原来是一个母亲因为孩子挤得哭了，在那里哄他。

江水真是太无情了。大家越是引颈等候，它的架子越是十足。这仿佛有的火车站里的卖票人，又仿佛有的邮政局收挂号信的，窗栏外许多人等候他，他只管悠然地吸烟。

三点二十分光景，潮水真个来了！楼内的人万头攒动，象运动会中决胜点旁的观者。我也除去墨镜，向江口注视。但见

① 当时角币有大洋小洋之分，一块钱相当于小洋十二角。——编者注。

一条同桌上的香烟一样粗细的白线，从江口慢慢向这方面延长来。延了好久，达到西兴方面，白线就模糊了。再过了好久，楼前的江水渐渐地涨起来。浸没了码头的脚。楼下的江岸上略起些波浪，有时打动了一块石头，有时淹没了一条沙堤。以后浪就平静起来，水也就渐渐退却。看潮就看好了。楼中的人，好像已经获得了什么，各自纷纷散去。我同我亲友也想带了孩子们下楼，但一个小孩子不肯走，惊异地责问我："还要看潮哩！"大家笑着告诉他："潮水已经看过了！"他不信，几乎哭了。多方劝慰，方才收泪下楼。

我实在十分同情于这小孩子的话。我当离座时，也有"还要看潮哩！"似的感觉。似觉今天的目的尚未达到。我从未为看潮而看潮。今天特地为看潮而来，不意所见的潮如此而已，真觉大失所望。但又疑心自己的感觉不对。若果潮不足观，何以茶楼之中，江岸之上，观者动万，归途阻塞呢？以问我的亲友，一人云："我们这些人不是为看潮来的，都是为潮神贺生辰来的呀！"这话有理，原来我们都是被"八月十八"这空名所召集的。怪不得潮水毫没看头。回想我在茶楼中所见，除旧有的一片江景外毫无可述的美景。只有一种光景不能忘却：当波浪淹没沙堤时，有一群人正站在沙堤上看潮。浪来时，大家仓皇奔回，半身浸入水中，举手大哭，幸而大人转身去救，未遭没顶。这光景大类一幅水灾图。看了这图，使人想起最近黄河长江流域各处的水灾，败兴而归。

廿三（1934）年中秋日作，曾载《宇宙风》[1]

① 查《宇宙风》，未见此文。——编者注。

落红不是无情物 化作春泥更护花

庐山面目

“咫尺愁风雨，匡庐不可登。只疑云雾里，犹有六朝僧。”（钱起）

这位唐朝诗人教我们“不可登”，我们没有听他的话，竟在两小时内乘汽车登上了匡庐。这两小时内气候由盛夏迅速进入了深秋。上汽车的时候九十五度，在汽车中先藏扇子，后添衣服，下汽车的时候不过七十几度了。赴第三招待所的汽车驶过正街闹市的时候，庐山给我的最初印象竟是桃源仙境：土地平旷，屋舍俨然；有茶馆、酒楼、百货之属；黄发垂髫，并怡然自乐。不过他们看见了我们没有“乃大惊”，因为上山避暑休养的人很多，招待所满坑满谷，好容易留两个房间给我们住。庐山避暑胜地，果然名不虚传。这一天天气晴明。凭窗远眺，但见近处古木参天，绿荫蔽日；远处岗峦起伏，白云出没。有时一带树林忽然不见，变成了一片云海；有时一片白云忽然消散，变成了许多楼台。正在凝望之间，一朵白云冉冉而来，钻进了我们的房间里。倘是幽人雅士，一定大开窗户，欢迎它进来共住；但我犹未免为俗人，连忙关窗谢客。我想，庐山真面目的不容易窥见，就为了这些白云在那里作怪。

庐山的名胜古迹很多，据说共有两百多处。但我们十天内游踪所到的地方，主要的就是小天池、花径、天桥、仙人洞、含鄱口、黄龙潭、乌龙潭等处而已，夏禹治水的时候曾经登大汉阳峰，周朝的匡俗曾经在这里隐居，晋朝的慧远法师曾经在东林寺门口种松树，王羲之曾经在归宗寺洗墨，陶渊明曾经在温泉附近的栗里村住家，李白曾经在五老峰下读书，白居易曾经在花径咏桃花，朱熹曾经在白鹿洞讲学，王阳明曾经在舍身岩散步，朱元璋和陈友谅曾经在天桥作战……古迹不可胜计。然而凭吊也颇伤脑筋，况且我又不是诗人，这些古迹不能激发我的灵感，跑去访寻也是枉然，所以除了乘便之外，大都没有专诚拜访。有时我的太太跟着孩子们去寻幽探险了，我独自高卧在海拔一千五百公尺的山楼上看看庐山风景照片和导游之类的书，山光照槛，云树满窗，尘嚣绝迹，凉生枕簟，倒是真正的避暑。我看到天桥的照片，游兴发动起来，有一天就跟着孩子们去寻访。爬上断崖去的时候，一位挂着南京大学徽章的教授告诉我："上面路很难走，老先生不必去吧。天桥的那条石头大概已经跌落，就只是这么一个断崖。"我抬头一看，果然和照片中所见不同：照片上是两个断崖相对，右面的断崖上伸出一根大石条来，伸向左面的断崖，但是没有达到，相距数尺，仿佛一脚可以跨过似的。然而实景中并没有石条，只是相距若干丈的两个断崖，我们所登的便是左面的断崖。我想：

这地方叫做天桥，大概那根石条就是桥，如今桥已经跌落了。我们在断崖上坐看云起，卧听鸟鸣，又拍了几张照片，逍遥地步行回寓。晚餐的时候，我向管理局的同志探问这条桥何时跌落，他回答我说，本来没有桥，那照相是从某角度望去所见光景。啊，我恍然大悟了：那位南京大学教授和我谈话的地方，即离开左面的断崖数十丈的地方，我的确看到有一根不很大的石条伸出在空中，照相镜头放在石条附近适当的地方，透视法就把石条和断崖之间的距离取消，拍下来的就是我所欣赏的照片。我略感不快，仿佛上了资本主义社会的商业广告的当。然而就照相术而论，我不能说它虚伪，只是“太”巧妙了些。天桥这个名字也古怪，没有桥为什么叫天桥？

含鄱口左望杨子江，右瞰鄱阳湖，天下壮观，不可不看。有一天我们果然爬上了最高峰的亭子里。然而白云作怪，密密层层地遮盖了江和湖，不肯给我们看。我们在亭子里吃茶，等候了好久，白云始终不散，望下去白茫茫的，一无所见。这时候有一个人手里拿一把芭蕉扇，走进亭子来。他听见我们五个人讲土白，就和我招呼，说是同乡。原来他是湖州人，我们石门湾靠近湖州边界，语音相似。我们就用土白同他谈起天来。土白实在痛快，个个字入木三分，极细致的思想感情也充分表达得出。这位湖州客也实在不俗，句句话都动听。他说他住在上海，到汉口去望儿子，归途在九江上岸，乘便一游庐山。我问他为什么带芭蕉扇，他回答说，这东西妙用无穷：热的时候扇风，太阳大的时候遮阴，下雨的时候带伞，休息的时候当坐垫，这好比济公活佛的芭蕉扇。因此后来我们谈起他的时候就称他为济公活佛。互相叙述游览经过的时候，他说他昨天上午才上山，知道正街上的馆子规定时间卖饭票. 他就在十一点钟先买了饭票，然后买一瓶酒，跑到小天池，在革命烈士墓前奠了酒，游览了一番，然后拿了酒瓶回到馆子里来吃午饭，这顿午饭吃得真开心。这番话我也听得真开心。白云只管把扬子江和鄱阳湖封锁，死不肯给我们看。时候不早，汽车在山下等候，我们只得别了济公活佛回招待所去。此后济公活佛就变成了我们的谈话资料。姓名地址都没有问，再见的希望绝少，我们已经把他当作小说里的人物看待了。谁知天地之间事有凑巧：几天之后我们下山，在九江的浔庐餐厅吃饭的时候，济公活佛忽然又拿着芭蕉扇出现了。原来他也在九江候船返沪。我们又互相叙述别后游览经过。此公单枪匹马，深入不毛，所到的地方比我们多。我只记得他说有一次独自走到一个古塔的顶上，那里面跳出一只黄鼠狼来，他打湖州白说："渠被侶吓了一吓，侶也被渠吓了一吓！"我觉得这简直是诗，不过没有叶韵。宋杨万里诗云："意行偶到无人处，惊起山禽我亦惊。"岂不就是这种体验吗?现在有些白话诗不讲叶韵，就把白话写成每句一行，一个"但"字占一行，一个"不"也占一行，内容不知道说些什么，我真不懂。这时候我想：倘能说得像我们的济公活佛那样富有诗趣，不叶韵倒也没有什么。

在九江的浔庐餐厅吃饭，似乎同在上海差不多。山上的吃饭情况就不同：我们住的第三招待所离开正街有三四里路，四周毫无供给，吃饭势必包在招待所里。价钱很便宜，饭菜也很丰富。只是听凭配给，不能点菜，而且吃饭时间限定。原来这不是菜馆，是一个膳堂，仿佛学校的饭厅。我有四十年不过饭厅生活了，颇有返老还童之感。跑三四里路，正街上有一所菜馆。然而这菜馆也限定时间，而且供应量有限，若非趁早买票，难免枵腹游山。我们在轮船里的时候，吃饭分五六班，每班限定二十分钟，必须预先买票。膳厅里写明请勿喝酒。有一个乘客说："吃饭是一件任务。"我想：轮船里地方小，人多，倒也难怪；山上游览之区，饮食一定便当。岂知山上的菜馆不见得比轮船里好些。我很希望下年这种办法加以改善。为什么呢，这到底是游览之区！并不是学校或学习班！人们长年劳动，难得游山玩水，游兴好的时候难免把吃饭延迟些，跑得肚饥的时候难免想吃些点心。名胜之区的饮食供应倘能满足游客的愿望，使大家能够畅游，岂不是美上加美呢？然而庐山给我的总是好感，在饮食方面也有好感：青岛啤酒开瓶的时候，白沫四散喷射，飞溅到几尺之外。我想，我在上海一向喝光明啤酒，原来青岛啤酒气足得多。回家赶快去买青岛啤酒，岂知开出来同光明啤酒一样，并无白沫飞溅。啊，原来是海拔一千五百公尺的气压的关系！庐山上的啤酒真好！

一九五六年九月作于上海。

白露

9月7—9日

八月节。秋属金，金色白，阴气渐重，露凝而白也。

初候，鸿雁来。二候，元鸟归。三候，羣鸟养羞。

好是晚来香雨里 担簦亲送绮罗人

嘹亮一声山月高

山中避雨[①]

前天同了两女孩到西湖山中游玩，天忽下雨。我们仓皇奔走，看见前方有一小庙，庙门口有三家村，其中一家是开小茶店而带卖香烛的。我们趋之如归。茶店虽小，茶也要一角钱一壶。但在这时候，即使两角钱一壶，我们也不嫌贵了。

茶越冲越淡，雨越落越大。最初因游山遇雨，觉得扫兴；这时候山中阻雨的一种寂寥而深沉的趣味牵引了我的感兴，反觉得比晴天游山趣味更好。所谓“山色空濛雨亦奇”，我于此体会了这种境界的好处。然而两个女孩子不解这种趣味，她们坐在这小茶店里躲雨，只是怨天尤人，苦闷万状。我无法把我所体验的境界为她们说明，也不愿使她们“大人化”而体验我所感的趣味。

茶博士坐在门口拉胡琴。除雨声外，这是我们当时所闻的唯一的声音。拉的是《梅花三弄》，虽然声音摸得不大正确，拍子还拉得不错。这好像是因为顾客稀少，他坐在门口拉这曲胡琴来代替收音机作广告的。可惜他拉了一会就罢，使我们所

① 本篇曾载1935年《新中华》第3卷第10期，原题《民众乐器》，署名：子恺。

闻的只是嘈杂而冗长的雨声。为了安慰两个女孩子，我就去向茶博士借胡琴。“你的胡琴借我弄弄好不好？”他很客气地把胡琴递给我。

我借了胡琴回茶店，两个女孩很欢喜。“你会拉的？你会拉的？”我就拉给她们看。手法虽生，音阶还摸得准。因为我小时候曾经请我家邻近的柴主人[①]阿庆教过《梅花三弄》，又请对面弄内一个裁缝司务大汉教过胡琴上的工尺。阿庆的教法很特别，他只是拉《梅花三弄》给你听，却不教你工尺的曲谱。他拉得很熟，但他不知工尺。我对他的拉奏望洋兴叹，始终学他不来。后来知道大汉识字，就请教他。他把小工调、正工调的音阶位置写了一张纸给我，我的胡琴拉奏由此入门。现在所以能够摸出正确的音阶者，一半由于以前略有摸 violin（小提琴）的经验，一半仍是根基于大汉的教授的。在山中小茶店里的雨窗下，我用胡琴从容地（因为快了要拉错）拉了种种西洋小曲。两女孩和着了歌唱，好像是西湖上卖唱的，引得三家村里的人都来看。一个女孩唱着《渔光曲》，要我用胡琴去和她。我和着她拉，三家村里的青年们也齐唱起来，一时把这苦雨荒山闹得十分温暖。我曾经吃过七八年音乐教师饭，曾经用piano（钢琴）伴奏过混声四部合唱，曾经弹过Beethoven（贝多芬）的sonata（奏鸣曲）。但是有生以来，没有尝过今

① 柴主人，在作者家乡指替农民称柴并介绍顾主、从中收取少量佣金的人。

日般的音乐的趣味。

两部空黄包车拉过，被我们雇定了。我付了茶钱，还了胡琴，辞别三家村的青年们，坐上车子。油布遮盖我面前，看不见雨景。我回味刚才的经验，觉得胡琴这种乐器很有意思。piano笨重如棺材，violin 要数十百元一具，制造虽精，世间有几人能够享用呢？胡琴只要两三角钱一把，虽然音域没有violin之广，也尽够演奏寻常小曲。虽然音色不比violin优美，装配得法，其发音也还可听。这种乐器在我国民间很流行，剃头店里有之，裁缝店里有之，江北船上有之，三家村里有之。倘能多造几个简易而高尚的胡琴曲，使像《渔光曲》一般流行于民间，其艺术陶冶的效果，恐比学校的音乐课广大得多呢。我离去三家村时，村里的青年们都送我上车，表示惜别。我也觉得有些儿依依。（曾经搪塞他们说："下星期再来！"其实恐怕我此生不会再到这三家村里去吃茶且拉胡琴了。）若没有胡琴的因缘，三家村里的青年对于我这路人有何惜别之情，而我又有何依依于这些萍水相逢的人呢？古语云："乐以教和。"我做了七八年音乐教师没有实证过这句话，不料这大在这荒村中实证了。

廿四（1935）年秋日作，曾载《新中华》。

秋分

9月22—24日

八月中。分者，半也。此当秋时九十日之半，故谓之分。正阴阳适中，故昼夜无长短云。

初候，雷始收声。二候，蛰虫坯户。三候，水始涸。

孤云

葡萄棚下

我家庭中有个葡萄棚，夏日绿荫满庭，棚前人物都染成青色。可是这葡萄藤因为是去年从别处移植过来的，那根被翻过一次，吸收养分的能力减弱，所以今年生的葡萄很少，而且不甜。

邻近的人家也有枝葡萄藤，生的葡萄很多，而且很甜。我们互相比较之下，邻家的老太太说，她除用肥之外，每当葡萄开花的时候，泡了大壶的糖汤，浇在花上，每天浇好几次，所以生出来的葡萄很甜。

我知道花不是吸收养分的器官。又知道即使用糖汤浇在根上，其结果不一定甜。但这位邻家的老太太始终自信她的栽培法的有效。旁人也都赞许。我似觉教育上也有类乎此的栽培法。

廿三（1934）年七月廿四日。

秋[1]

我的年岁上冠用了“三十”二字，至今已两年了。不解达观的我，从这两个字上受到了不少的暗示与影响。虽然明明觉得自己的体格与精力比二十九岁时全然没有什么差异，但“三十”这一个观念笼在头上，犹之张了一顶阳伞，使我的全身蒙了一个暗淡色的阴影，又仿佛在日历上撕过了立秋的一页以后，虽然太阳的炎威依然没有减却，寒暑表上的热度依然没有降低，然而只当得余威与残暑，或霜降木落的先驱，大地的节候已从今移交于秋了。

实际，我两年来的心情与秋最容易调和而融合。这情形与从前不同。在往年，我只慕春天。我最欢喜杨柳与燕子。尤其欢喜初染鹅黄的嫩柳。我曾经名自己的寓居为“小杨柳屋”，曾经画了许多杨柳燕子的画，又曾经摘取秀长的柳叶，在厚纸上裱成各种风调的眉，想象这等眉的所有者的颜貌，而在其下面添描出眼鼻与口。那时候我每逢早春时节，正月二月之交，看见杨柳枝的线条上挂了细珠，带了隐隐的青色而“遥看近却

① 本篇曾载1929年10月10日《小说月报》第20卷第10号。

无”的时候，我心中便充满了一种狂喜，这狂喜又立刻变成焦虑，似乎常常在说：“春来了！不要放过！赶快设法招待它，享乐它，永远留住它。”我读了“良辰美景奈何天”等句，曾经真心地感动。以为古人都太息一春的虚度，前车可鉴！到我手里决不放它空过了。最是逢到了古人惋惜最深的寒食清明，我心中的焦灼便更甚。那一天我总想有一种足以充分酬偿这佳节的举行。我准拟作诗，作画，或痛饮，漫游。虽然大多不被实行；或实行而全无效果，反而中了酒，闹了事，换得了不快的回忆；但我总不灰心，总觉得春的可恋。我心中似乎只有知道春，别的三季在我都当作春的预备，或待春的休息时间，全然不曾注意到它们的存在与意义。而对于秋，尤无感觉：因为夏连续在春的后面，在我可当作春的过剩；冬先行在春的前面，在我可当作春的准备；独有与春全无关联的秋，在我心中一向没有它的位置。

自从我的年龄告了立秋以后，两年来的心境完全转了一个方向，也变成秋天了。然而情形与前不同：并不是在秋日感到像昔日的狂喜与焦灼。我只觉得一到秋天，自己的心境便十分调和。非但没有那种狂喜与焦灼，且常常被秋风秋雨秋色秋光所吸引而融化在秋中，暂时失却了自己的所在。而对于春，又并非像昔日对于秋的无感觉。我现在对于春非常厌恶。每当万象回春的时候，看到群花的斗艳，蜂蝶的扰攘，以及草木昆虫等到处争先恐后地滋生繁殖的状态，我觉得天地间的凡庸，贪婪，无耻，与愚痴，无过于此了！尤其是在青春的时候，看到柳条上挂了隐隐的绿珠，桃枝上着了点点的红斑，最使我觉得可笑又可怜。我想唤醒一个花蕊来对它说：“啊！你也来反复这老调了！我眼看见你的无数的祖先，个个同你一样地出世，个个努力发展，争荣竞秀；不久没有一个不憔悴而化泥尘。你何苦也来反复这老调呢？如今你已长了这孽根，将来看你弄娇弄艳，装笑装颦，招致了蹂躏、摧残、攀折之苦，而步你的祖先们的后尘！”

实际，迎送了三十几次的春来春去的人，对于花事早已看得厌倦，感觉已经麻木，热情已经冷却，决不会再像初见世面的青年少女似的为花的幻姿所诱惑而赞之、叹之、怜之、惜之了。况且天地万物，没有一件逃得出荣枯、盛衰、生灭、有无之理。过去的历史昭然地证明着这一点，无须我们再说。古来无数的诗人千篇一律地为伤春惜花费词，这种效颦也觉得可厌。假如要我对于世间的生荣死灭费一点词，我觉得生荣不足道，而宁愿欢喜赞叹一切的死灭。对于前者的贪婪、愚昧、与怯弱，后者的态度何等谦逊、悟达、而伟大！我对于春与秋的舍取，也是为了这一点。

夏目漱石三十岁的时候，曾经这样说：“人生二十而知有生的利益；二十五而知有明之处必有暗；至于三十的今日，更知明多之处暗亦多，欢浓之时愁亦重。”我现在对于这话也深抱同感；有时又觉得三十的特征不止这一端，其更特殊的是对于死的体感。青年们恋爱不遂的时候惯说生生死死，然而这不过是知有“死”的一回事而已，不是体感。犹之在饮冰挥扇的夏日，不能体感到围炉拥衾的冬夜的滋味。就是我们阅历了三十几度寒暑的人，在前几天的炎阳之下也无论如何感不到浴日的滋味。围炉，拥衾，浴日等事，在夏天的人的心中只是一种空虚的知识，不过晓得将来须有这些事而已，但是不能体感它们的滋味。须得入了秋天，炎阳逞尽了威势而渐渐退却，汗水浸胖了的肌肤渐渐收缩，身穿单衣似乎要打寒噤，而手触法郎绒觉得快适的时候，于是围炉、拥衾、浴日等知识方能渐渐融入体验界中而化为体感。我的年龄告了立秋以后，心境中所起的最特殊的状态便是这对于“死”的体感。以前我的思虑真疏浅！以为春可以常在人间，人可以永在青年，竟完全没有想到死。又以为人生的意义只在于生，而我的一生最有意义，似乎我是不会死的。直到现在，仗了秋的慈光的鉴照，死的灵气钟育，才知道生的甘苦悲欢，是天地间反复过亿万次的老调，又何足珍惜？我但求此生的平安的度送与脱出而已。犹之罹了疯狂的人，病中的颠倒迷离何足计较？但求其去病而已。

我正要搁笔，忽然西窗外黑云弥漫，天际闪出 道电光，发出隐隐的雷声，骤然洒下一阵夹着冰雹的秋雨。啊！原来立秋过得不多天，秋心稚嫩而未曾老练，不免还有这种不调和的现象，可怕哉！

一九二九年秋日。①

① 本文篇末原未署日期。这里所署的日期是发表在《小说月刊》时文末所署。

胡桃云片[①]

凭窗闲眺，想觅一个随感的题目。

说出来真觉得有些惭愧：今天我对于展开在窗际的“一二八”战争的炮火的痕迹，不能兴起“抗日救国”的愤慨，而独仰望天际散布的秋云，甜蜜地联想到松江的胡桃云片。也想把胡桃云片隐藏在心里，而在嘴上说抗日救国。但虚伪还不如惭愧些吧。

三四年前在松江任课的时候，每星期课毕返上海，黄包车经过望江楼隔壁的茶食店，必然停一停车，买一尺胡桃云片带回去吃。这种茶食是否松江的名物，我没有调查过。我是有一回同一个朋友在望江楼喝茶，想买些点心吃吃，偶然在隔壁的茶食店里发见的。发见以后，我每次携了藤箧坐黄包车出城的时候必定要买。后来成为定规，那店员看见我的车子将停下来，就先向橱窗里拿一尺糕来称分量。我走到柜上，不必说话，只须摸出一块钱来等他找我。他找我的有时两角小洋，有时只几个铜板，视糕的分量轻重而异。每月的糕钱约占了我的

① 本篇曾载1933年1月16日《东方杂志》第30卷第2号。

薪水的十二分之一。我为什么肯拿薪水的十二分之一来按星期致送这糕店呢？因为这种糕实有使我欢喜之处，且听我说：

云片糕，这个名词高雅得很。云片二字是糕的色彩形状的印象的描写。其白如云，其薄如片，名之曰云片，真是高雅而又适当。假如有一片糕向空中不翼而飞，我们大可用古人“白云一片去悠悠”之句来题赞这景象。但我还以为这名词过于象征了些。因为糕的厚薄固然宜于称片，但就糕的轮廓的形状上看，对于上面的云字似觉不切。这糕的四边是直线，四根直线围成一个长方形。用直线围成的长方形来比拟天际缭绕不定的云，似乎过于象征而有些牵强了。若把云片二字专用于胡桃云片上，那么我就另有一种更有趣味的看法。

胡桃云片，本是加有胡桃的云片糕的意思。想象它的制法，大约是把一块一块的胡桃肉装入米粉里，做成一段长方柱形，然后用刀切成薄薄的片。这样一来，每一片糕上都有胡桃肉的各种各样的切断面的形状。胡桃肉的形体本是非常复杂，现在装入糕中而切成片子，就因了它的位置、方向，及各部形体的不同，而在糕片上显出变化多样的形象来。试切下几片糕来，不要立刻塞进口里，先来当作小小的画片观赏一下。有许多极自然的曲线，描出变化多样的形象，疏疏密密地排列在这些小小的画片上。倘就各个形象看：有的像果物，有的像人形，有的像鸟兽，还有许多像台湾。就全体看：有时像蠹鱼钻过的古书，有时像别的世界的地图，有时像古代的象形文字，然而大都疏密无定，颇像现在窗外的散布着秋云的天空。古人诗云：“人似秋云散处多。”秋天的云，大都是一朵一朵地分散而疏密无定的。这颇像胡桃云片上的模样。故我每吃胡桃云片便想起秋天，每逢秋天便想吃胡桃云片。根据了这看法而称这种糕曰“胡桃云片”，岂不更为雅致适切而更有趣味吗？

松江人似乎曾在胡桃云片上发见了这种画意的。他们所制的糕，不像别处的产物似的仅在云片中嵌入胡桃肉，他们在糕的四周用红色的线条作一黄金律的缘，而把胡桃的断面装点在这缘线内。这宛如在一幅中国画上加了装裱，或是在一幅西洋画上加了镜框，画的意趣更加焕发了。这些胡桃肉受了缘的隔离，已与实际的世间绝缘，不复是可食的胡桃肉，而成为独立的美的形体了。

因这缘故，松江的胡桃云片使我特别欢喜。辞了松江的教职以后，我不能常得这种胡桃糕，但时时要想念它——例如今天凭窗闲眺而望天际散布的秋云的时候。读者也许要笑：“你在想吃松江胡桃糕，何必絮絮叨叨地说出这一大篇！”不，不，我要吃糕很容易：到江湾街上去买两百文胡桃肉，七个铜板云片糕，拿回家来用糕包裹胡桃肉，闭了眼睛塞进嘴里，嚼起来味道和松江胡桃云片完全一样。我的想念松江胡桃云片，是为了想看。至少，半是为了想看，半是为了想吃。若要说吃，我吃这种糕是并用了眼睛和嘴巴而吃的。

我们中国的市上，仅用嘴巴吃的东西太多了。因此使我拿薪水的十二分之一来按星期致送松江的糕店，又使我在江湾的窗际遥遥地想念松江的胡桃云片。我希望我国到处的市上，并用眼睛和嘴巴来吃的东西渐渐多起来。不但嘴吃的东西，身体各部所用的东西，也都要教眼睛参加进去才好。我又希望我国到处的市上，并用眼睛和身体来用的东西也渐渐多起来。

民国二十一（1932）年十一月一日。

秋的星座及其传说[1]

你向天观看，数算众星，能数得过来么？

——《创世记》第十五章第五节

一　与星的初面

无数的星在我头上闪耀，已经——照我今年三十岁算来——一万夜了。我在这世间不知忙了些甚么事，三十年来竟一向不曾注意他们，不曾访问他们中的任何一位，请教他的尊姓大名。

想起来大概是因为我的两眼被生成平视，我的头被生成便于俯下，就只看见低小的匐行的人类、兽类，只关心于人类、兽类的事。一向望下，没有自己抬起头来向上看的力量。

Carlyle曾经说：

“对于头上的星一半都没有认识的我，人们为甚么不教我，使我亲近它们呢？”

① 本篇曾载1927年9月《一般》第3卷第1号。

原来也有与我同感的人；然而我决不敢自比于Carlyle，因为我连一颗星都没有认识。

今年七夕前几天，有一晚我同了我的八岁的小孩子阿宝，躺在门前空地上的藤椅上乘凉，两人对繁星的天空仰卧着，阿宝忽然对我发问：

“爸爸！星是什么？”

我想了一想，回答她说：

“星是同我们的地球一样的一种大球，很高地挂在天上，所以看来很小。”

“地球是什么？”

“就是我们住着的地，因为很大很大，我们看来好像是平地，其实是一个大球。”

“那么一颗星比我们的房子，比这空地还大？”

“呃！比江湾，比上海，比什么都大。”她默默了。我的解答，对她也许是隔靴搔痒，然而她的问，把我的头抬起来向上看了！我钦佩这孩子的明净的眼，奇大的问。

从此以后，我开始想探索天上的星的名目与位置。我买了几册关于星的研究的书，每晚躺在藤椅上眺望，竭力想在生疏的星的地图中找出一个线索来。

到了七夕的前一晚，我已经在天上认识了好几个星座。向来视为杂乱无章的星空，现在已似一所惯游的林园；向来对于星的出没及其方向位置的转变，毫不关心，现在似乎很惹眼了。我仿佛是初次见星，或者天上今年开始有星。这天上的文章，实在是人间无比的奇观！俨然的星座，每夜按时就位，按时升降。闪闪的星光，分明稔熟似的在招呼我，或暗示我一种意思。最是琴座的织女星，与鹫座的牵牛星，联想明天的七夕的传说而眺望时，似乎其闪光的跃动中，分明在把一年的离恨别苦向人间诉说，又似乎各靠近银河的岸边，在心焦地等待着明晚的欢会。

然而我从来不曾研究天文学，从来不曾访问过星座，现在的肉眼所认识的，实在不过天空的大体的构图。我懊悔向来对于天空不加注意，长久放弃了这天界的享乐！拉斯京（Ruskin 拉斯金）说：

> 对于天空，普通极少有人注意，是一件奇事。假如我们被置于无论甚样的地方，隔绝其他一切有兴味有美感的事，这一件事（鉴赏天空的美感一事）仍是留给我们享受。地球上最高贵的景象，不许专让极少数的人观照。地上的美感，人们惯于接触之后往往反要毁损其美，或者对于其美生钝感；至于太空，那是普遍于万人的了。这不绝地使人心高扬，安慰人心，又有使人的心从尘污中净化的机能。
>
> ——《近代画家》第一卷第二部第三节

试屏弃习见，抬起“净眼”来看看这秋夜的天空，这是何等神奇的现象！何等明显的神的启示！“人生是什么？”“宇宙是什么？”这等千古的大谜，那闪烁的星光默默地向我们解答。

人对于惯常接触的事物，容易发生钝感。诚如Emerson所说：“倘然星是千年中只出现一夜的，人们对于其所表现的‘神都’的图的记忆，将何等信仰、憧憬，又代代传之于后世！”

从前我对于“星”的一字，向来看作“龙”、“凤”一类的东西。例如我爱“卧看牵牛织女星”，“牵牛织女遥相望”之句，其实我只喜其“牵牛织女”的几个字眼，却不晓得，又不想探索牵牛织女是位在哪里的两个星，等到偶然仰望星的天空的时候，又似乎这与读“牵牛织女遥相望”是各不相干的两件事，并不发生想探索的心。我曾经以“卧看牵牛织女星”为题而画一幅小画，画中一个女子卧在榻上，对着开着的一扇窗，窗外画出一弯月亮，和历乱的几点星。这就是我以前对于星完全轻视的确证。因为七夕一晚的牵牛织女的位置，几乎在于天顶，决计不会傍着新月。这画现在还载在我的画集中，曾经惹起人的批评，有的评不应该点烛，有的评烛太长，可是没有人评到这诗句的主题的星的错误。（其实画中人在窗中所见，与看画人在窗中所见的天的部分，原是可以不同的。故不评也可以说是不错。）

但是我现在晓得，像上述的我的读诗，没有明白诗中所描写的对象，这鉴赏是空洞而很不完全的。例如但尼孙

（Tennyson丁尼生）的名诗。

Many a night I saw the Pleiades, rising through the mellow shade G1itter like a swarm of fire-flies tangled in a silver braid.

Locksley Hall-Tennyson

（大意）有好几晚，我看见从柔软的阴影里上来的昴星，闪耀在银纽结成的萤的一团中。

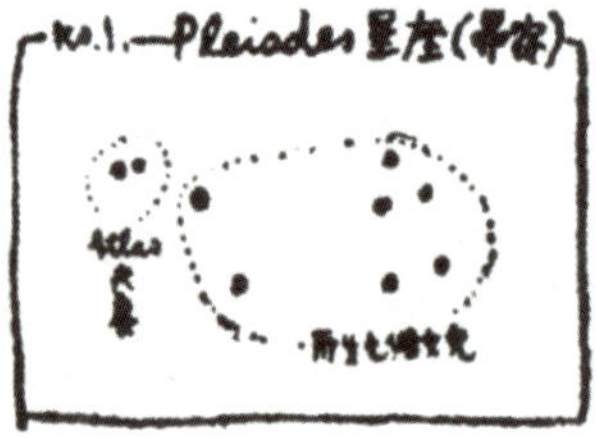

如果像我地不认识这诗中所描写的Pleiades星座，一定不能较完全地鉴赏但尼孙这段诗的趣味。我现在方晓得这Pleiades是全天中最著名的星座。即中国十八宿之昴宿。晴爽之夜可见有九个星，但有时只见六个。故又名六连星。自今再过两个月，晚秋的夜里，他就将在东方的地平线上表现其丽姿。据说这是光彩极美丽的星团。我虽没有见过，但他的丽姿早已印在我的想象中，我正在翘盼晚秋的来到。这星座又有很有趣的传说：在西洋以此星座拟希腊神话中的Atlas（阿特拉斯）。Atlas同一个水神Nymph（宁芙）结婚，生出七个绝美丽的女儿来。有一天，七个女儿到田野里游玩，被男子Orion看见，他想要捉住她们，周彼德（朱庇特）就命她们变作七个鸠，飞向天上去。故现在的九个星，据说七个是女儿，旁边两个是她们的父母，Atlas夫妻，在看守他们的女儿们。联想了这段神话而眺望，我想一定更为有趣。且对于但尼孙的诗的描写，也一定更容易领悟了。

只要有星，
就有朋友。

再会，地球！
再会！
黑土的自由，
我已不要；
在北天的空中，
我飞翔着。

只要有星，
就可不要地球。
今夜一晚，
我要睡在星里。
——贺川丰彦

二 星的世界

我不曾研究过天文学，与天上几个星的相识又还不满一个月，实在不配在这里说“秋的星座”，“星的世界”。不过好在这是《一般》，或者不妨让一般人的我说说一般的话。

说秋的星座以前，先要就星的世界里的状况谈谈。

我们的地球，偕同了八个大行星及约八百个小游星等，以太阳为中心而回转着。这以太阳为中心的一群星，名曰太阳系。这是谁也知道的事。全宇宙中除太阳系以外，还有许多的星系，其星之数不可测，其空间之大无涯，这是很不可思议的一件事。记得我小时候，曾经发一种儿童的疑问：我卧在床里，想象床的外面是房间，房间的尽头是墙壁，墙壁的那边是别的人家，……人家的尽处是城壁，是田野，是河，是山，是海，是空，但是空也一定有个尽头。如果空的尽头是极坚极厚的铁壁，不许再通过去，但这铁壁也一定有个厚度，即有个尽头。不想则已，越想就越不可思议。当时我以为现在我年纪还小，将来大起来多读书，请教高明的先生，一定可以解决这疑问。不道到现在仍是不能解决，且又晓得古来世间一切人统是不能解决这疑问的。唉，这是我的人生的悲哀的源泉！

据天文学者说，宇宙内所有的星，总数有二十亿，在地球上的人所能见的星，全天共有十亿。然而是用望远镜看的。至于肉眼所能见的，据说共有五千三百三十三个。讲到星与我们的地球的距离，更为不可思议。假如太阳系为直径一尺的一个团，那么最近的星的位置须在离这团一里路以外？现在我们晓得太阳系的直径为2,000,000,000里，照一尺与这许多里的比例算来，星的距离实在是难于想象了。因为星的距离这样远，所以我们不能用地上的里数来计算，须换一种更大的尺度。这尺度是“光年”。怎么叫做“光年”，说起来更怕人，就是光需一年工夫可以走到的距离！光的速度，每秒钟绕地球七匝半，即秒速三十万启罗迈当（千米）。这样算起来，一年约三千万秒，应走的启罗迈当数为9,500,000,000，000即约十兆启罗迈当。核算起来，“一光年”之长，为地球距太阳之六万三千倍。而星的距地球，最近的为四光年！

据说最近地球的星，是Centaurus（人马）星座中的α星。这是座位在南天，在广东可以看见。这是南天第二个大恒星。它与地的距离，是4.25光年。核算起来，是日距地的275,000倍。假如乘了一秒钟可走一百里的飞机向这星出发，达到须费八千二百四十年！尚且是最近的星！

前述的牵牛织女星，对我们的距离，织女是10.4光年，牵牛是13.6光年。最远的星，是Gemini座（即双子星座）的α星，其距地为一百六十光年。至于星云，有距地更远的，织女星所在的琴星座的环状星云距地二百二十光年。北斗七星的螺旋状星云距地为一千万光年！

这样渺小的人，怎样会懂得这天界的消息呢？使我赞美科学，又赞美人类不置！星们恐怕梦也不曾想到，他们的行踪已被生在极小的地球上的极小的人类窥出，而且有历历的记录了。

晓得了这种实际的情形之后，睁开半寸阔的肉眼，眺望天空的繁星的时候，更当增添何等神秘的思索，严肃的畏敬，与退省的心情。

三 秋的星座及其传说

在天文学者，星的观望期以冬为最好，因为一则冬天夜长，二则冬夜的星光皎洁美丽。但在我们一般人，看星以秋天为最好，也有几个理由，即一则秋天气候凉爽，在室外看星最为舒畅；二则秋天的空气透明，星光也很美丽；三则秋天的银河白光更加明美，位置更加适当，为秋夜特有的大的装饰；四则秋天有许多特有的美丽的星，为他季所不能见。

1. 秋夜的盛妆——银河（天河）

自十月初起，我们每夜可在天界看到一个壮观，即从东方的地平线起，流过天顶，终于西方的地平线的一条银河（Garaccy或Milky Way），倘是无月的静的秋夜，这横断天空的无声的河流的大穹窿，就谁也要受它的美的陶醉了。据传说，英雄彼尔修斯（珀尔修斯（Perseus））救出被缚的土女安特洛美大（安德洛墨达）（Andromeda）时，其脚上所溅起的灰尘积成这条乳的路。（Perseus与Andromeda皆秋的星座名，星的形状位置及传说全本详后文。）

天河，据天文学研究，是“天”的一座建筑的基础，即这宇宙的基础计划。因肉眼不能辨识，故望去像雾状的带，其实是几亿的星的团集。天河的最好的观望期，为秋季九、十月之间。冬夏均甚黯淡，春季尤不易见。

在秋夜，我们虽然没有望远镜，也可以用肉眼看出天河的流域来。其流域的广狭、分歧、裂口，都可看出。这是天界研究的一助。尤其因为秋天的诸星座，差不多全部在于天河的内侧，或其接续部，所以秋夜用肉眼看星，天河是很好的一种标识。

2. 母子熊与赛浮斯之家族

夏末秋初的时候，银河自西南斜挂于东北，北天低处有一最好的看星的标识，即北斗七星，又名大熊星座（Callisto）。如图所示，七星的形状像一有柄的勺。勺的外边的两星连接起来，直接北极星。北极星又为一个小勺的柄的头，这小勺名曰小熊星座（Arcas）。这是夏天的象征。但初秋的黄昏，他还露出半身在屋脊上面。

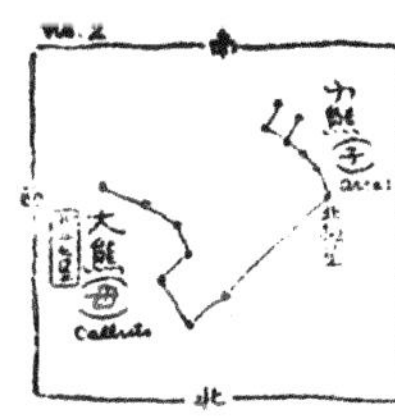

大熊（Callisto）是一个美丽的大上的女官。周彼得爱了她。其妻周娜（朱诺）大怒，罚她变了一只大熊。但周彼得已为她生下一子，名曰Arcas（阿尔克斯），长大来做了猎人，有一天，Arcas去打猎，见一只大熊，想要射杀。周彼得因为他们是母子，就给Arcas也变了一只小熊。周娜闻得了，命令管星的人，终年不准把大熊小熊沉下地平线去，常悬着给人看。

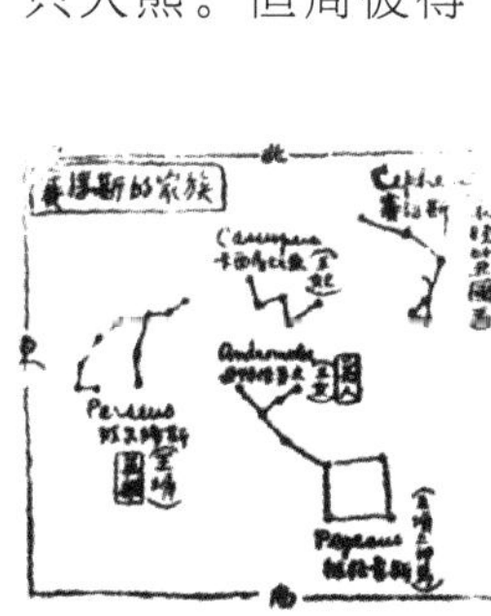

故此二星为四季星，不过秋季降低，有时不见。

到了秋天，天界起一转变：以前自西南向东北斜悬的天河，现在正东西悬着了。北斗七星几乎没入地平线不易看见。而赛浮斯的家族中的“翼马”彼格索斯（珀加索斯Pegasus）的四方形就做了秋天的象征而挂在天顶。

仰望秋夜的天顶，立刻可以找出一个近于正方形的四个星，就是彼格索斯星座。其东北邻，便有安特洛美大星座。再向正南，邻接的W形的五星，便是卡西屋比亚（卡西奥佩娅）星座。卡西屋比亚之东有彼尔修斯星座，之西有赛浮斯星座。这五个星座出于同一系统。希腊神话，有一段很奇妙的传说：

赛浮斯是古昔的Ethiopia（依索匹亚）国的国王，卡西屋比亚是其王妃。王妃对水神自夸其美，水神羞愤，告诉海神，海神大怒，将用洪水浸没他们的一族。赛浮斯托大神周彼得去说情，海神亦不肯干休。结果令将其王女安特洛美大美人献给海魔，方准他免洪水之难。于是可怜的美丽的安特洛美大就为了父母及国家的缘故而将牺牲一身。她的手足被用索缚住，置身在雨打风吹的海岸上，以待海魔之来。其时英雄彼尔修斯恰好征服了南国的妖魔，跨了神马彼格索斯，意气扬扬地归故乡。途上遇见了这被缚的王女，问得了她的命运，就大起义愤，与海魔战，把他杀死，就完全救了王女、王妃、国王，及哀晓比亚（依索匹亚）国土，国王感激他，就叫王女安特洛美大美人与这英雄结婚，彼尔修斯就做了王婿。同他的妻、丈人、丈母，和所乘的乘马同住在秋天的北角，为秋天的象征。

想一想这故事，再仰天眺望的时候，各星似乎更加光辉了。

3. 琴星座——织女星

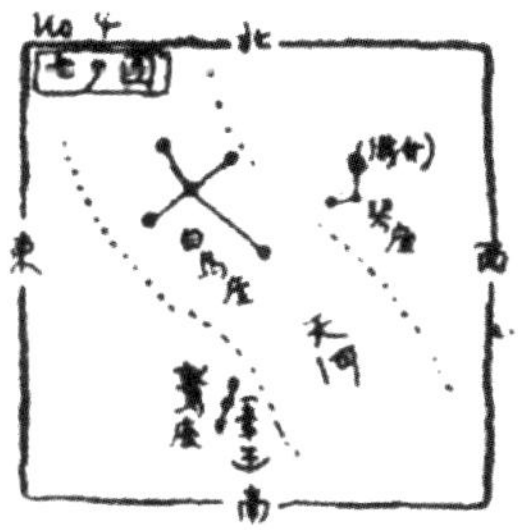

中国人最有兴味的秋星，是牵牛与织女。牵牛就是鹫座的主星，织女就是琴座的主星。鹫座据天河东岸，琴座据天河西岸。河中一只白鸟在向北飞。这象征七夕的诸星，都是很明的，无论何人仰首就可看见。其中琴座的主星织女星，最为明亮，被称为“秋宵的女王”。

琴座，叫做Lyra，织女星叫做Vega。其各星位置很容易认出。织女以外尚有五个星，但普通肉眼所见，是成三角形的三个星。

琴座有一壮观，即有名的轮状星云。其位置在于织女星之下旁。用三吋的望远镜，即可窥见轮之所在。

琴座全体作一竖琴的形状，关于这竖琴有个有趣的传说：

渥尔斐渥斯（俄耳甫斯）是弹琴名手。他奏起乐来，川流都要停止，野兽都要静听。水的女神爱乌理地斯（优里狄加）听了他的音乐，爱上了他，就同他结婚，夫妇间爱情很好。不久，新妇的足被蛇咬了一口，竟因此死了，短促的幸福，很是可惜。

渥尔斐渥斯想取回他的爱妻，就决心到下界去。他腕里抱了秘藏的竖琴，向下界出发。沿途奏乐，听的人都被魅惑。死神泼罗托（普鲁托Pluto）听了他的音乐，也着了魔，就对他说：“如你所愿，我把你的爱妻爱乌理地斯还给你，叫她跟了你到下界。但你不得回头来看她。”于是两人就走向下界去。起初渥尔斐渥斯忍耐住，不回顾。后来实在想看看长久不见了的爱妻的颜貌，终于回头一顾，同时爱乌理地斯的姿态就消失，不得再见了。他就在地上彷徨而死。死后他的爱琴——阿普洛所赠与的——移到天界，成为永远使人仰望的琴星座。——这是西洋的传说。

中国的传说，是牵牛织女的故事："天河之东有织女，天帝之子也。年年织杼劳役，织成云锦天衣。天帝怜其独处，许嫁河西牵牛郎。嫁后遂废织红。天帝怒，责令归河东，唯每年七月七日夜，渡河一会。"（《荆楚岁时记》）

4. 白鸟座（天鹅座）——友爱者

琴座之东，海豚座（见后）之北，当天河之流的最辉面，全部浸在河中的很美的十字形星，即白鸟座（Cygnus）或称为"北十字架"（Northern cross）。见前第四图。

这星座的各星的配列，古人联想为一只白鸟。两翼及首尾极度伸张着的白鸟，头部适当琴鹫两座之中间，在天河的河面上向西南飞翔。其鸟尾上的星最大，名曰Deneb，此星直指前述的哀晓比亚王妃卡西渥比亚。

据传说：Cygnus是一个友爱的青年。他的亲戚遭了变死，他非常悲恸。于是天神嘉许他的友爱的厚情，在天界给他一座。

5. 鹫座（天鹰座）——拐诱者

从白鸟出发，沿天河稍南下，就容易找出鹫座。Aquila

（天鹰座）这星座中主要的有在一直线上的三个星。其中央一星名曰Altair，最明亮，就是东方所谓牵牛星。晴爽之夜，仔细观察时，可见与这三星的直线相并行的，还有五个星连成的一直线，五星之后，又有一点。此星座肉眼所见共计有九星。头部三星，两翼部五星，尾一星，合成鹫形。

Altair与左右二星，及隔天河的彼岸的织女星，同在一直线上。认定了这一点之后，就容易寻找鹫座诸星了。

Hebe（赫伯）是周彼得与周娜的女儿，她做神们的侍者，管理食事。有一天她正在服务的时候做错了事，被神们回报了。于是周彼得扮了一只鹫，去拐诱正在阿伊达山上与朋友们游玩的少年Ganimide来，使他代替Hebe拐诱少年的鹫，就成了这星座Aquila。

6. 海豚座——救渡音乐家的海豚

鹫与白鸟的中间，有不甚显著的三群的微光星。其中在鹫的上方的，为“矢座”，矢的左方为“海豚座”，海豚的上方为“狐座”。但海豚最为明显。

矢座（天箭星座）Sagitta在鹫的上方，含有四星，肉眼皆可见。

矢的左方，天河的左岸，牵牛东北，有呼为“约伯之柩”的“海豚座”Delphinus。这星座在三群中最为显明。肉眼所见，有五星。

海豚的上方，为“狐座”Vulpecula。全是微光星。肉眼星可数至十五，然光度均极贫弱。倘用四吋（英寸）或五吋的望远镜窥看，可见这星座内有哑铃状星云。

亚利翁Arion是有名的叙情诗人，又是音乐家。他旅行意大利，发挥其技巧，因而致富。他乘船归故乡的时候，水夫们密谋杀他，得他的钱财。他被杀之前，求水夫们许他再奏一曲而后就死，水夫们许之。他就弹他的lute。忽然有无数的海豚集于船之四周。亚利翁跳下海去，一海豚背了他，平安地渡到了岸边。这海豚被神移到天上，即Delphinus星座。

7. 山羊座——Pan的化身

鹫的下方（西南），有不甚显著之星群，为山羊座Capricornus。探索这星座的方法，可如第六图所示，把牵牛织女连结起来，其直线向牵牛一边延长，就达到山羊的头。主星只有两个，位在牵牛的下方。余皆不甚显著。故山羊座是不甚有兴味的星座。不过古代人因其各星的配列像一匹“海山羊”，故定此座名。

有一次，Pan神与其他诸神同在尼罗河堤上开宴会。忽然巨人出现，诸神皆变形而逃散。Pan变形为海山羊，飞入尼罗河。周彼得把这山羊移到天上。故Capricornus就是Pan的化身。

8. 水瓶座——神的侍酒者

前述的神马彼格索斯与后述的南鱼座主星Fomalhaut（北

落师门）之间，有许多微光星，即水瓶座，Aguarius。古人因此座诸星的配列像一男子手持水瓶，其瓶口倾向南鱼之口，似在注水，故名。

水瓶所占境域甚广。始于鹫座之邻，通过山羊座之上方，延及于地平线。座中最显的有密接的四星。其下方又有稍弱的四星，作成四边形，肉眼亦可看出。

前述的少年Ganimide正在阿伊达山上看守父亲的羊群，扮作鹫的周彼得忽然飞来，把他拐诱到天上去，使他代他的女儿Hebe为诸神侍酒。故手中常捧瓶。

9. 鱼座——凡尼司化身

晴爽的秋夕，在水瓶的下方可见一颗美光的星。这是“南鱼星座”Pisces Austrinus的主星，名曰Fomalhaut。这是恰在鱼的口的地位，似在承接水瓶注下来的水。位置迫近于南地平线。

水瓶与后述的牡羊之间，有很广的空间，即“鱼座”Pisces的地位。星皆微光，唯配列甚均衡，故容易探索。地位恰当于彼格索斯大方形之正南，七个星作成一完全的圆圈（多角形）。

鱼座有鱼两尾，其一即在安特洛美大座的南方的星列，曰北鱼。其二即彼格索斯南方的星列

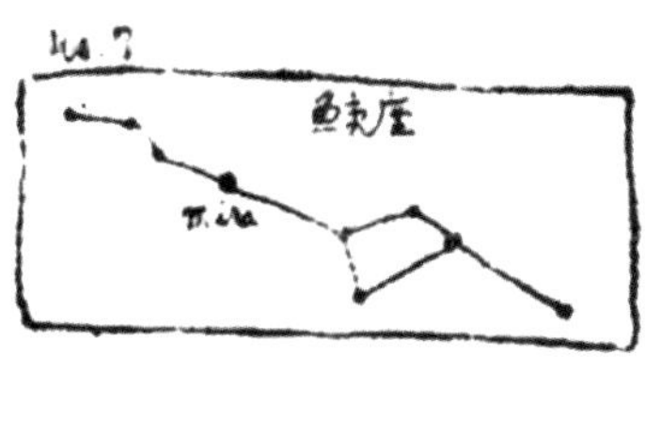

百头怪物出现于尼罗河堤上时，正在开宴会的诸神皆狼狈变形逃窜。其时凡尼司（维纳斯

Venus）女神与其子Cupid（丘比特）变为鱼，入河而逃。这二鱼移到天界，即为鱼座。

10. 鲸座——海魔

水瓶的左方，牡羊与鱼座南方，有占广域的星座，即鲸座Cetus，所含星数甚少，但所占空间甚广。其配列像一长椅子。

中央有一可注意的星，名曰Mira，是有名的变光星。

Cetus是海神遣来杀王女安特洛美大的怪物。后来遭了英雄彼尔修斯（故事见前）的诛杀。天神为纪念彼尔修斯的勇敢，特将此怪物移到天上，给他一座。

11. 牡羊座——金毛羊

鲸座的上方，鱼座的左方，安特洛美大座之南，有“牡羊座”Aries。肉眼星数不过二三。阳历十二月间，其位置移于天顶。

安特洛美大座大牡羊座之间，有细长的三角形的微光星，就叫做“三角星”Triangulum。

从前希腊Atamas（阿塔玛斯）王，与Nephele（涅斐勒）王妃，生子Frixus（佛里克索斯）女Helle（赫勒），不久王逐其妃，另娶Ino（伊诺）为王妃。前妃不忍其子女受继母的虐待，没法救助。后访得一有金毛的牡羊，就命Frixus与Helle兄妹二人骑于羊背，向空中飞逃。Helle中途晕眩而下堕，死于欧亚之间的一海峡中。牡羊载Frixus前进，就到了黑海东岸，平安上陆。其地的国王欢迎Frixus。Frixus就把自己骑来的牡羊作为牺牲，献于周彼得。将其金毛赠于其他的国王。国王非常珍重，着人通夜看守。后有敌国进攻，向国王索这金羊毛，国王向敌国提出许多要求，交换了这金羊毛。这金毛牡羊，就是在秋冬之交每夜在天上照耀的牡羊星座。

一九二七年立秋
天风吹月入栏杆，
乌鹊无声子夜闲。
织女明星来枕上，
了知身不在人间。

——朝华

今夜故人来不来 教人立尽梧桐影

寒露

10月8—9日

九月节。露气寒冷，将凝结也。

初候，鸿雁来宾。二候，雀入大水为蛤。三候，菊有黄华。

秋饮黄花酒

蟹[1]

一个穿白衣服的人手里拿着一只空盆子，口里喊着“客人吃饭，客人吃饭”，摇摇摆摆地走过三等车厢。他的衣服和盆子，他的喊声和步态，都富有广告色彩。我似觉走来的不是一个人，而是一个活的mannequin（做广告用的人体模型）。

摸出时表一看，六点还差五分，是吃夜饭的时候了。本来，我在火车里不吃饭。因为他们弄的都是荤腥，我不要吃。曾经有一次，一个mannequin对我说，他们也会弄素的菜炒饭。但他拿来的是猪油炒的生菜和饭，我闻到气息就要泛胃。幸而有同乘的朋友包办去了，没有兴起交涉，也没有暴殄天物。此后我在火车里抱不吃饭主义。这一次，看见同车厢中有人吃牛奶和土司，不免口角生津。等那mannequin再走过时，我就照样地定了一杯牛奶和一客土司。

不久货就送到：一只盆子里盛着两片土司，一只有盖、有底、有环的瓷杯里盛着牛奶，杯旁放着四块方糖。我把三块糖放入牛奶中，用匙一搅，觉得底上有沉淀物。捞起一看，原来是未溶水的炼乳。我觉得有些糟。因为我怕甜，平日用糖三块

① 本篇曾载1937年1月16日《宇宙风》第3卷第9期。

为度。炼乳是含有多量的糖分的，又放进了三块方糖，这杯牛奶不知甜到什么地步了。然而糖已放入，就同覆水一样难收；人生多苦，今天甜他一甜吧。这样一想，也就不觉得糟。

土司是抹好奶油的，倒很便利。我就先吃土司。预备吃完了土司再吃牛奶。

对座是一位三四十岁的男客。从他的相貌、服装和举止上观察，我猜想他是一个商人。额上的头发生得很低，好似戴着便帽。眼睛生得很紧，两眼之间大约只有一个铜板的地位，而且这铜板须得是一分法币。脸的下部有特别丰满的筋肉，保护着一张健全的嘴。脸皮特别红润而光洁，可想见它是常常被使用着的。他的衣服很楚楚，淡蓝色哔叽袍子上罩着元色直贡呢背心，大小长短都相称。两只袖口好像两圈盘香，从淡蓝色的袍子的袖圈到雪白的绒衬衫的袖圈，由外而内，由大而小，渐层地排列着，非常整齐，毫无参差。他的举止很审慎，上了车，先把一笼蟹仔细地放在靠窗的小几的下面，然后用报纸将椅子一揩，再撩起后面的衣裙，用袍子的里子贴切了椅子而坐下去。他把脚适当地靠着在蟹笼的一边，其用意仿佛是防备蟹笼万一被窃，则他虽不看见，也可由脚感知。这样地坐好了，然后用手摸摸车窗下的小几，放心地把右肘搁在小几上，展开一份《新闻报》，热心地“读”。虽在车轮轧轧声中，他的读报声也能时时传送到我的耳朵里来。

我饮了几口牛奶，正在眺望窗外，嚼着最后一口土司的时候，忽然听见眼前“仓郎”一响。收回视线，但见牛奶泛滥在小几上，一只瓷杯和一个盖在小几上滚，将要超越几边的凸线而滚到地板上去，被我立刻扶持了，没有落地。然而牛奶已经淋漓尽致，湿了我的香烟盒子和自来火和一册英译《阿Q正传》还不够，又沛然莫之能御地流下去，滴在对座客人的衣裾上，和小几下的蟹笼上。推翻这杯牛奶的动力，来自对座客人的右肘，而对座客人的右肘的动力，则来自一只黄蜂。它不知为了什么原因，忽然钻进火车的窗，来停在对座客人的拿着《新闻报》的右手上。虽是这样小小的一个虫，但因身上带着凶器，使我这位谨慎仔细的对座客人也不免惊慌起来，顾不得牛奶或羊奶，右手用力一闪，右肘便把我的牛奶推翻了。但也许他因为热中于读报，没有知道我有牛奶放在小几上。倘使知道，则牛奶事大，未有不谨防推翻者。我虽未便预先通知他“我有牛奶，请君小心”，但他因为不知而误将牛奶推翻，况且由于闪避黄蜂的袭击，我对他也有几分同情和抱歉。当他仓皇起立，助我扶持瓷杯，涨红着脸勉强作笑，说着“还好，还好，真对不起了！”的时候，我就说：“不要紧，不要紧，但你的衣裾弄脏了！”他看看衣裾，眉头一蹙；但好像忽然觉悟了比弄脏衣裾更大的事情，又立刻对我说：“我喊他再弄一杯牛奶！”我老实说：“不必不必，这牛奶太甜，我本来不大要吃，倒翻算了。”他周章了一会，继续又说：“那么等一会归我付钞。”我又老实说：“这牛奶我已饮过几口，怎么要你付钞？想法揩揩你的衣裾吧。”这时候那黄蜂不管自己闯祸，还在座间翱翔。它大约是闻得牛奶的气味太香，因此不顾犯罪，恋恋不去。我的对座客连说了许多“对不起”，就用《新闻报》当作扇子，死命地打扑黄蜂，同时口中谩骂起来：“娘杀的，还要来？！……”骂得很凶，打扑得很用力。似乎把怪怨我吃牛奶，责备自己不小心，痛惜衣服弄脏等种种愤懑，统统在这谩骂和打扑中发泄了。然而那黄蜂如同不听见一样，管自在车厢里飞来飞去，不肯飞出窗去。它反正是免票乘车的，多乘一站毫无问题。最后它向前面的客座飞去，我的对座客也不再追击。只要我们这里没有黄蜂为害，就同全车厢没有黄蜂为害一样了。他放心地坐下来，开始揩他的衣裾。同时穿白衣服的mannequin又来了，我还了他钱，又叫他揩拭小几。

对座的客人揩好了衣裾，向小几下拉出蟹笼来，用报纸揩拭笼上的牛奶，笑着对我说：“两只蟹交运，牛奶吃饱了！”我也笑着，把他的话反复了一遍。但觉得太枯燥，不免随便谈谈：“这两只蟹倒很大的。几钱一只？”他说：“讲分量的，×分钱一两。”我想：“世间无论何事，无经验而要扮假内行是不行的。区区买蟹一事，教我这全无买蟹经验的素食者谈起来就做笑话。原来蟹有大小轻重，不比牛奶可以规定几钱一杯，土司可以规定几钱一客。我今问他几钱一只，显然是外行的话。而且他不曾知道我是素食者，听了我这句孩子气的问话一定在心中窃笑了。当此秋光正好的黄花时节，人们的胃口正开，这几天谁不在那里要蟹的命？谁不关心于蟹的市价？像我这样的问话实在太不像样了。”然而话已说出，也同覆水一般难收。我接着说：“啊，讲分量的，×分一两，还算便宜的吗？”我不敢再扮内行品评价钱的贵贱，所以接着讲了这句不着边际的问话。他把蟹笼提到我眼前，指着说：“你看，只是雌蟹，又大又肥，×分一两是很便宜的。我直接向簖上买，比向市上买便宜的多。而且这簖上的人又是熟识的，所以格外便宜。”他非常得意地收回笼子，正要上盖，突然勇敢地对我说：

“我送你两只蟹。”他就伸手到笼里来捉。

“不，不，你自己带回去，我不吃的。”我连忙阻止他。

“蟹哪里不吃？我一定送你两只。”他说着就找绳子。

“我真不吃，我吃素的，请你不必客气吧。”

“吃素的？”他楞了一楞，忽然又高声笑着叫道：“你吃牛奶的！还说吃素？我送你，我送你！”说着，毅然决然地伸手捉蟹了。

“牛奶是素的，但蟹是荤的。”

“哪里？牛奶是素的，蟹也是素的，你吃，你吃！”

“我真不吃，请你一定不要送我。你的好意领谢了。”

“哪里的话？我把你的牛奶倒翻了，还有什么好意？我一定送你。”他把一只很大的蟹用绳缚牢，再捉一只同样大小的重叠在它身上，用余多的绳再缚。同时口里反复地说：“我一定送你，我一定送你。”

我感到一种不快：他把牛奶当作荤的，我颇想辩解，并且告诉他我的长年吃素的经历。然而那人头脑简单，态度顽强，辩解不会有效，况且交浅言深，告诉他也有些不配。他说蟹也是素的，明明是开玩笑，诬我说谎，我觉得有些冤枉。但我即使骗他，他即使冤枉我，都是出于好意的，我又何必认真。还是付之一笑，试再向他婉谢吧。

“请你一定不要送我！我真是不吃蟹的。”我站起来说。

“我一定送你，我一定送你！”他如同不听见我的话一样，管自把缚好的两只蟹挂在我的窗边的帽钩子上了，然后缚他自己的蟹笼。风吹进窗，把蟹嘴上的泡沫吹散下来，好似许多小小的肥皂泡，落在我身上。这时候，我的不快变成了好笑：被人损坏了物质拒绝赔偿，别人不受报时硬要回报，我们这两个真像君子之徒，羲皇上人，同这车厢里的社会对比之下，实在迂腐得可笑。

“唉！那么难为你了，谢谢！”我受了蟹。

“不值钱的！这东西在杭州、上海买，就很贵，但我们在本乡买，价钱便宜，货色又好。尊姓？”自从打翻牛奶以后，他的脸很不自然，直到送掉了两只蟹，方始恢复元气。这时候他意气轩昂，眉飞色舞地同我攀谈起来。尊姓大名，贵府舍间，宝号敝业……一直谈到他的目的地，“再见，再见！”

不久，我也到了我的目的地。我提着两只蟹回寓，就把绳子解开，放它们在庭中的池塘里。以后每天朝晨我在池塘上小立，看见蟹在蕴藻间匐行的时候，必然回想起当日火车中的情形，对着池塘独笑。

廿五（1936）年十月二十日。

清晨[1]

吃过早粥，走出堂前，在阶沿石上立了一会。阳光从东墙头上斜斜地射进来，照明了西墙头的一角。这一角傍着一大丛暗绿的芭蕉，显得异常光明。它的反光照耀全庭，使花坛里的千年红、鸡冠花和最后的蔷薇，都带了柔和的黄光。光滑的水门汀受了这反光，好像一片混浊的泥水。我立在阶沿石上，就仿佛立在河岸上了。

一条瘦而憔悴的黄狗，用头抵开了门，走进庭中来。它走到我的面前，立定了，俯下去嗅嗅我的脚，又仰起头来看我的脸。这眼色分明带着一种请求之情。我回身向内，想从余剩的早食中分一碗白米粥给它吃。忽然想起邻近有吃粞粥及糠饭的人，又踌躇地转身向了外。那狗似乎知道我的心事的，越发在我面前低昂盘旋，且嗅且看，又发出一种"呜呜"的声音。这声音仿佛在说，"狗也是天之生物！狗也要活！"我正踌躇，李妈出来收早粥，看见了狗便说："这狗要饿杀快[2]了！宝官[3]，来厨房

① 本篇曾载1936年4月10日《新少年》第1卷第7期。

② 饿杀快，江南一带方言，意即快饿死。

③ 作者家乡一带对小主人称X官。

里拿些镬焦给它吃吃吧。”我的问题就被代为解决。不久宝官拿了一小箩镬焦出来，先放一撮在水门汀上。那狗拼命地吃，好像防人来抢似的。她一撮一撮喂它，好像防它停食似的。

我在庭中散步了好久，回到堂前，看见狗正在吃最后的一撮。我站在阶沿石上看它吃。我觉得眼梢头有一件小的东西正在移动。俯身一看，离开狗头一二尺处，有一群蚂蚁，正在扛抬狗所遗落的镬焦。许多蚂蚁围绕在一块镬焦的四周，扛了它向西行，好像一朵会走的黑瓣白心的菊花。它们的后面，有几个空手的蚂蚁跑着，好像是护卫；它们的前面有无数空手的蚂蚁引导着，好像是先锋。这列队约有二丈多长，从狗头旁边直达阶沿石缝的洞口——它们的家里。我蹲在阶沿上，目送这朵会走的菊花。一面呼唤正在浇花的宝官，叫她来共赏。她放下了浇花壶，走来蹲在水门汀上，比我更热心地观赏起来，我叫她留心管着那只狗，防恐它再吃得不够，走过来舔食了这朵菊花。她等狗吃完，把它驱逐出门，就安心地来看蚂蚁的清晨的工作了。

这块镬焦很大，作椭圆形，看来是由三四粒饭合成的。它们扛了一会，停下来，好像休息一下，然后扛了再走。扛手也时有变换。我看见一个蚂蚁从众扛手中脱身而出，径向前去。我怪他卸责，目送它走。看见另一个蚂蚁从对方走来。它们二人在交臂时急急地亲了一个吻，然后各自前去。后者跑到菊花旁边，就挤进去，参加扛抬的工作，好像是前者请来的替工。

我又看见一个蚂蚁贴身在一个扛手的背后，好像在咬它。过了一会，那被咬者退了出来，自向前跑，那咬者便挤进去代它扛抬了。我看了这些小动物的生活，不禁摇头太息，心中起了浓烈的感兴。我忘却了一切，埋头于蚂蚁的观察中。我自己仿佛已经化了一个蚂蚁，也在参加这扛抬粮食的工作了。我一望它们的前途，着实地担心起来。为的是离开它们一二尺的前方，有两根晒衣竹竿横卧在水门汀上，阻住它们的去路。先锋的蚂蚁空着手爬过，已觉周折，这笨重的粮食如何扛过这两重畸形的山呢?忽然觉悟了我自己是人，何不用人力去助它们一下呢?我就叫宝官把竹竿拿开。并且嘱咐她轻轻地，不要惊动了蚂蚁。她拿开了第二根时，菊花已经移行到第一根旁边而且已在努力上山了。我便叫她住手，且来观看。这真是畸形的山，山脚凹进，山腰凸出。扛抬粮食上山，非常吃力！后面的扛手站住不动，前面的扛手把后脚爬上山腰，然后死命地把粮食抬起来，使它架空。于是山腰的人死命地拖，地上的人死命地送。结果连物带人拖上山去。我和宝官一直叫着“杭育，杭育”，帮它们着力，到这时候不期地同喊一声：“好啊！”各抽一口大气。

下山的时候，又是一番挣扎；但比上山容易得多。前面的扛手先把身体挂了下来，后面的扛手自然被粮食的重量拖下，跌到地上。另有两人扛了一粒小饭粒从后面跟来。刚爬上山，又跌了下去。来了一个帮手，三人抬过山头。前面的菊花形的大群已去得很远了。

菊花形的大群走了一大程平地，前面又遇到了障碍。这是一个不可超越的峭壁，而且壁的四周都是水，深可没顶。宝官抱歉地自责起来：“唉！我怎么把这把浇花壶放在它们的运粮大道上！不幸而这又是漏的！”继而认真地担忧了：“它们迷了路怎么办呢？”继而狂喜地提议：“赶快把壶拿开，给它们架一爿桥吧。”她正在寻找桥梁的材木，那三个扛抬的一组早已追过大群，先到水边，绕着水走去了。不久大群也到水边，跟了它们绕行，我唤回了宝官，依旧用眼睛帮它们扛抬。我们计算绕水所多走的路程，约有三尺光景！而且海岸线曲折多端，转弯抹角，非常吃力，这点辛劳明明是宝官无心地赠给它们的！我们所惊奇者：蚂蚁似乎个个带着指南针。任凭转几个弯，任凭横走，逆行，他们决不失向。迤逦盘旋了好久，终于绕到了水的对岸。现在离它们的家只有四五尺，而且都是平地了。我的心便从蚂蚁的世界中醒回来。我站起身来，挺一挺腰。我想等它们扛进洞时，再蹲下去看。暂时站在阶沿石上同宝官谈些话。

“这也是一种生物，它们也要活。人类的生活实在不及……”我正想说下去，外面走进我们店里的染匠司务来。他提着早餐的饭篮，要送进灶间去。当他通过我们的前面时，他正在和宝官说什么话。我和宝官听他说话，暂时忘记了蚂蚁的事。等到我注意到的时候。他的左脚正落在这大群蚂蚁的上面，好像飞来峰一般。我急忙捉住他的臂，提他的身体，连喊："踏不得！踏不得！"他吓得不知所以，像化石一般，顶着脚尖，一动也不动。我用力搬开他的腿。看见他的脚踵底下，一朵白心黑瓣的菊花无恙地在那里移行。宝官用手拍拍自己的心，说道："还好还好，险险乎！"染匠司务俯下去看了一看，起来也用手拍拍自己的心，说道："还好还好，险险乎！"他放下了饭篮，和我们一同观赏了一会，赞叹了一会。当他提了饭篮走进屋里去的时候，又说一声："还好还好，险险乎！"

我对宝官说："这染匠司务不是戒杀者，他欢喜吃肉，而且会杀鸡。但我看他对于这大群蚂蚁的'险险乎'，真心地着急；对于它们的'还好还好'，真心地庆幸。这是人性中最可贵的'同情'的发现。人要杀蚂蚁，既不犯法，又不费力，更无人来替它们报仇。然而看了它们的求生的天性，奋斗团结的精神，和努力，挣扎的苦心，谁能不起同情之心，而对于眼前的小动物加以爱护呢？我们并不要禁杀蚂蚁，我们并不想繁殖蚂蚁的种族。但是，倘有看了上述的状态，而能无端地故意地歼灭它们的人，其人定是丧心病狂之流，失却了人性的东西。我们所惜的并非蚂蚁的生命，而是人类的同情心。"宝官也举出一个实例来。说她记得幼时有一天，也看见过今日般的状态。大家正在观赏的时候，有某恶童持热水壶来，冲将下去。大家被他吓走，没有人敢回顾。我听了毛发悚然。推想这是水灾而兼炮烙，又好比油锅地狱！推想这孩子倘做了支配者，其杀人亦复如是！古来桀纣之类的暴徒，大约是由这种恶童变成的吧！

扛抬粮食的蚂蚁经过了长途的跋涉，出了染匠司务脚底的险，现在居然达到了家门口。我们又蹲下去看。然而如何搬进家里，我又替它们担起心来。因为它们的门洞开在两块阶沿石缝的上端，离平地约有半尺之高。从水门汀上扛抬到门口，全是断崖峭壁！以前的先锋，现在大部分集中在门口，等候粮食从削壁上搬运上来。其一部分参加搬运之役。挤不进去的，附在别人后面，好像是在拉别人的身体，间接拉上粮食来。大块而沉重的粮食时时摇动，似欲翻落。我们为它们捏两把汗。将近门口，忽然一个失手，竟带了许多扛抬者，砰然下坠。我们同情之余，几欲伸手代为拾起，甚至欲到灶间里去抓一把饭粒来塞进洞门里。但是我们没有实行。因为教它们依赖，出于姑息；当它们豢物，近于侮辱。蚂蚁知道了，定要拒绝我们。你看，它们重整旗鼓，再告奋勇。不久，居然把这件重大的粮食扛上削壁，搬进洞门里了。

朝阳已经照到芭蕉树上。时钟打九下。正是我们开始工作的时光了。宝官自去读书，我也带了这些感兴，走进我的书室去。

廿四（1935）年十月六日在石门湾，曾载《新少年》。

霜降

10月23—24日

九月中。气肃而凝露结为霜矣。《周语》曰：驷见而陨霜。

初候，豺祭兽。二候，草木黄落。三候，蛰虫咸俯。

看残菊有感[①]

近月来的报纸上，菊花展览会的广告常常傍着了水灾求赈的启事而并载着。我向来缺乏看花的兴趣，对这广告很抱歉。昨天，偶然路过一处菊花展览会，同行的朋友说："这是最后的一天了。我们明年有没有得看菊花？天晓得！进去看一看吧。"我就跟了他进去看。

我懊悔进去看了！因为时节已是初冬，那些菊花都已萎靡或凋残，在北风中颤抖，样子异常可怜。好似伏在地上的一群褴褛的难民，正在伸手向人求施。又好似送尽了青春的繁荣而垂死的人，使我们中年人看了分外惊心动魄。

我看了一看，就拉我的朋友一同出来。我没有从看花受到快乐，却带了一种感伤出来。它一路伴随我，一直跟我到了家里，现在且把我的所感写出些来，聊抒胸中抑郁之情。

看花到底是春日的事。虽说秋花也有冷艳，然而寂寞的秋心难于领略，何况残秋的残菊，怎不令人感伤呢？幼年时唱西洋歌曲《夏天最后的蔷薇》（《夏日里最后的玫瑰》），曾

① 本篇曾收入杨牧编《丰子恺文选》(台北洪范书店1982年初版本第3册)。

经兴起感伤，而假想这所谓“最后的蔷薇”便是菊。这会从残菊的展览会里出来，那曲的歌词——ThomasMoore（托马斯·莫尔）的诗——的最后几句特别感伤地在我胸中响着：

So soon may I follow，when friendships decay；
And from love's shining circle the gems drop away；
When true hearts lie withered，and fond ones have flown，Oh，who would inhabit this bleak world alone！①

以看花为乐事的，恐怕只有少年或乐天家。多感的中年人，大抵看了花易兴人生无常之叹，反而陷入悲哀。故我国古代诗人常以花的易谢来比方或隐射人生的易老。古诗十九首中就有这类的诗句：

伤彼蕙兰花，含英扬光辉。过时而不采，将随秋草萎。君亮执高节，贱妾亦何为？

陶潜诗中对此也有痛切的慨叹：

① 歌词大意是：我也会跟你前往，当那友情衰亡；宝石从光环上掉落，爱情暗淡无光；当那真诚的心儿枯萎，心爱的人们都去远方，谁愿意孤独地生活，忍受人世凄凉！

采采荣木，结根于兹。晨耀其花，夕已丧之。人生若寄，憔悴有时。静言孔念，中心怅而。

唐人诗中，我最易想起的是这一首：

劝君莫惜金缕衣，劝君惜取少年时。花开堪折直须折，莫待无花空折枝！

我暗诵了这些诗，觉得看菊的感伤愈加浓重了。某词人云："春风欲劝座中人，一片落红当眼堕。"今日展览会里的残菊，正像这"一片落红"，对我这霜须的人下了一个恳切的劝告。

中年以后的人，因为自己的青春已逝，看了花大抵要妒忌它，以为人不如花。这妒忌常美化而为感伤。我细细剖析自己的感伤，觉得也含着不少这样的心情。记得前人的诗词中，告白着这心情的亦复不少：

今年花似去年好，去年人到今年老。始知人老不如花，可惜落花君莫扫。

年年岁岁花相似，岁岁年年人不同。

白发悲花落，青云羡鸟飞。

但愁花有语，不为老人开！

没奈何，感伤者往往逃入酒乡，作掩耳盗铃的自慰。故曰：

日日人空老，年年春更归了。相欢有樽酒，不用惜花飞！

一月主人笑几回？相逢相值且衔杯。眼看春色如流水，今日残花昨日开。

年又过 年春，百岁曾无百岁人。能向花中几回醉，十斤沽酒莫辞贫。

酒乡可说是我国古代诗人所公认的避愁处。倘真能“长醉不用醒”，果然是一个大好去处，可惜终不免要醒，醒转来依然负着这一颗头颅而立在这一个世界里！

花终于要凋谢，人终于要老死，这种感伤也同归于尽。只有从这些感伤发出来的诗词，永远生存在这世间，不绝地引起后人的共鸣。“人生短，艺术长，”其此之谓欤？

落叶[①]

中秋过后，天气渐渐凉爽，人意也渐渐快适。我的饭量比前增加。以前只吃一碗半，现在要吃两碗半。我的用功比前起劲，以前午饭后第一课不免打瞌睡，现在上了一天课还抖擞精神。尤其是今天，星期六，兼又天高气爽，心身都舒服。四点钟课毕后，我回到楼上的自修室，把书向桌一抛，走到富前小立一会。但见变幻不定的白云，衬着深远无底的青天，辽廓无边，我忘记了身在学校，又忘记了眼前所见的矗什么东西。过了好久，才记得这叫做“天”。但是，这为什么叫做“天”呢，这明明是古人假造出来的名称。我一向上丁了古人的当，以为这的确是天，毫不怀疑。今天仔细一看，这是何等神秘的一种现象！怎么可用一个“天”字来包括呢？

我正在想入非非，猛听见下面有稔熟的声音：“柳逢春小姐家里有信！你弟弟寄来的！”

我向下一望，原来是朱丽金和吴文英，手里各拿一册速写簿，并肩而行，却仰着头和我开玩笑．我也笑着回答道：“我

① 本篇曾载1936年10月25日《新少年》第2卷第8期。

道真个是王妈送信来了，原来是两位女画家！你们今天写了几张画？可让我‘拜观’你们的‘大作’？

“‘大作’要美术家的女儿才会写的，我们哪里有呢？你靠在窗际出什么神？还是带了sketch book，和我们一同写生去吧！”

“sketch book”就是速写簿，这名词在我耳中感觉非常可亲。一则初学英语，应用起来分外新鲜，二则秦先生教我们各人自制一册速写簿，练习速写，现在正是最有兴味的时候。我就回转身来，向抽屉里取了sketch book，两步并作一步地走下楼来，参加在她们的写生队中。

宋丽金本来不欢喜图画，自从进了这中学校以后，因为和我是同乡，又是小学时代的同学，外加初入校时举目无亲，和我两人相依为命，因此受了我的影响，如今对图画比我更欢喜了。自修室长吴文英呢，本来是一位各科都平均爱好的好学生，自从“九一八”之夜听了秦先生那番讲话之后，对于秦先生的人格学问忽然佩服起来。最近，在《中学生》杂志里读了丰子恺先生的播音讲演稿《图画与人生》，感动得很。曾经对我说道：“‘美术是精神的粮食’这句话真对！我每逢看见自修室里的地板上丢满花生壳和香蕉皮，比饿了一餐夜饭更加难过。每逢看见同学们穿着龌龊的衣服，比吞一个果核更加难过。原来是眼睛在那里作怪。像你，做美术家的女儿的，到底幸福！你欢喜美术，精神的粮食常不缺乏。以后我也不肯忽略这方面的营养了。”从此以后她常常到图书室里去借美术书看，常常亲近秦先生，对我和宋丽金更加要好了。上星期秦先生劝我们各人自制一册速写簿，把制法告诉我们。第二日，吴文英发起合作。凡愿制速写簿者，到她那里签名，由她去买封面布、纸头飞丝带和铅笔。结果三十多人个个参加，人手一册。就中宋、吴两同学，尤为热心。每逢课余、饭后、睡前，必利用休息时间，练习人的姿势的速写。坐的、立的、睡的、游戏的、运动的、工作的，都被描写。然而限于学校内的光景，到底单调。今天是星期六，她们两人就相约出门写生，希望得些新鲜的材料。我的参加，原也是极高兴的。

我们三人跑到了市外的树林里。树林外面是大片的稻田，金黄色的稻挂下了沉重的穗，正待农人来割。凉风忽起，送来一阵新米饭的香气。树林里面是一个小小的村落。村落里有几个村女，肩了竹耙或扫帚，走进树林里来，大家打扫落叶。她们的服装个个不同，她们的姿势时时变化。这正是最好的速写画材。我立刻躲在一株大树背后，展开速写簿来，开始写生。宋丽金走到一个土坟背后，坐在地上写生，吴文英的方法最巧妙：她并不躲避，只管向着她们站立，但时时把头向着稻田方面眺望，假作描写稻田的风景。村女们最初毫不介意，管自起劲地打扫落叶，演出种种姿势来给我们速写。后来，其中有一个人看穿了吴文英的戏法，忽然对她的同伴说道：“她们在画我们呢！”于是大家抛了竹耙或扫帚，赶过来看。我和宋丽金立刻把sketch book藏入袋里。吴文英不慌不忙地招呼她们，就同最先赶到的村女谈起话来。

“你们打扫这些树叶儿，拿去做什么用？”

“我们拿去烧饭吃的。你们画这些画儿拿去做什么用？”

“我们是拿去看看的。你们打扫落叶，样子都很好看。”吴文英说着，把sketch book翻开来，她们大家聚拢来看。有的笑着说：“眼睛鼻头都没有的！”有的惊讶地说：“哈哈！一把竹耙只有三个齿！”还有一个年轻的指着一幅速写叫道：“这是三姑娘，穿裙子的！”又认真地指教吴文英道：“头上还少描两朵花，她是新娘子呀！”于是大家笑着对三姑娘看。三姑娘脸孔红了，低下头去。忽又伸起手来，向年轻的背上乱打。年轻的逃，三姑娘追，追到土坟背后，两人一起滚倒在地。大家拍手大笑。我观察这位新娘子，年纪比吴文英小，身材比宋丽金矮，打架时态度全同小孩子一样。我心中惊诧得很。后来一个年纪最大的把她们劝开，大家谈着话重新工作。我们也各自藏了速写簿，大家谈着话，缓步回校。

晚上，我们三人同到秦先生房间里，把白天的速写给她看，请她批评。却先把新娘子打架的故事讲给她听。她听了也好笑得很。对我们说：“这里的村人总算是明白的，没有阻碍你们的写生。我以前有一次，把一个山乡的村童sketch（速写）一下，他的母亲赶将过来，定要撕掉我的画，说我是要拿去卖给洋鬼子，叫洋鬼子来捉他的灵魂的。我种种地辩解，她总不相信，那幅画终于被她撕去，我还被她骂了一顿。真是好笑又好气！”我们都表示同情。她继续说：“这全是我国教育不普及的原故。他们都不受教育，不知道图画是什么。全中国的人知道sketch这一个名词的，恐怕不到万分之一呢！”我们大家叹息。秦先生为我们的速写一一批评，并加以适当的修改。我有几幅，自己也觉得不得要领，但不知道不对在什么地方。经秦先生加减数笔，忽然得要领了。我佩服之至！原来简笔画的省略法，笔划的取舍很不容易。无关紧要的笔划应该省略，主要的笔划不可缺少。无关紧要的笔划倘不省略，其画芜杂，主要的笔划倘缺少了，其画不全。芜杂与不全，都是不得要领的。最后秦先生从书架里检出一幅画来给我们做榜样，她说：“这是十九世纪法国大画家米叶（米勒Millet）的钢笔sketch，所描写的是一个女人正在打扫落叶枯草来做野火的光景，取材大致和你们今天的sketch相类，可供你们参考。你们看，他的用笔多少得要领！繁的地方不嫌其繁，简的地方不嫌其简。你们初学，不妨临摹几次，学点笔法。”

我们大家在速写簿上临摹米叶的sketch，又各向秦先生借了一本画帖回去。从此我对于简笔画的兴味愈加浓厚了。

欲穷千里目，更上一层楼[1]

（十一月献词）

过了这个月，便是今年的最后一个月了。

人生度岁，仿佛登楼。现在我们已经爬到了扶梯的最后第二级上；再跨上一步，就是最后一级，便可更上一层楼了。欲穷千里目，现在正是可以从容准备的时候。踏上了最后一级而作准备，不免太局促了。

古人云："近乡情更怯，不敢问来人。"我们现在将近登楼，情也有些怯怯。时间逼着我们向上跑，不许却步，不许停足。我们大家非更上一层楼不可。然而上了一层楼，所处若何？所见若何？谁能预知呢？假如有从这层楼上走下来的人，和我们交臂而过，我们很想问问他；但同时又怕听他的报告，和近乡者"不敢问来人"一样。

假如你敢问他，他大约会这样告诉你："更上了一层楼，你所处更高，所见更广。但离开你的根蒂的大地更远了，所见

① 本篇曾载生活书店1935年11月版《文艺日记》。

的万物的形态更略了。请回想你初登楼时，所处虽低，但接近大地，还未远离人生的根本。所见虽狭，但近在目前，物物皆得详见其真相。后来你渐登渐高，离地渐远，自然之气渐消；眼界渐广，所见之物渐略。因为世间有一种红尘，为人障碍，能阻人身，便隔离自然，能翳人目，使不见真相。诸君如不信，请回味过去，或再登几层，自然知道了。”

听了这番话，谁不心有戚戚呢？但是请君勿虑，只要保养明慧之眼，使勿受红尘障碍，那么即使身在最高层楼，也能时时回顾人生的根本，详见万物的真相了。

更上一层楼，还差一级。现在大家正好从容保养眼力。再跨一步，便可用明慧之眼，去穷千里之目了。

冬

人生也有冬夏。童年如夏，成年如冬；或少壮如夏，老大如冬。在人生的冬夏，自然也常教人的感觉变叛，其命令也有这般严重，又这般滑稽。

冬

立冬

11月7—7日

十月节。立，始建也。冬，终也，万物收藏也。

初候，水始冰。二候，地始冻。三候，雉入大水为蜃。

初冬浴日漫感[①]

离开故居一两个月，一旦归来，坐到南窗下的书桌旁时第一感到异样的，是小半书桌的太阳光。原来夏已去，秋正尽，初冬方到，窗外的太阳已随分南倾了。

把椅子靠在窗缘上，背着窗坐了看书，太阳光笼罩了我的上半身。它非但不象一两月前地使我讨厌，反使我觉得暖烘烘地快适。这一切生命之母的太阳似乎正在把一种祛病延年，起死回生的乳汁，通过了他的光线而流注到我的体中来。

我掩卷瞑想：我吃惊于自己的感觉，为甚么忽然这样变了？前日之所恶变成了今日之所欢；前日之所弃变成了今日之所求；前日之仇变成了今日之恩。张眼望见了弃置在高阁上的扇子，又吃一惊。前日之所欢变成了今日之所恶；前日之所求变成了今日之所弃；前日之恩变成了今日之仇。

忽又自笑："夏日可畏，冬日可爱"，以及"团扇弃捐"，乃古之名言，夫人皆知，又何足吃惊？于是我的理智屈服了。但是我的感觉仍不屈服，觉得当此炎凉递变的交代期

① 本篇曾载于1935年11月《中学生》第59号。

上，自有一种异样的感觉，足以使我吃惊。这仿佛是太阳已经落山而天还没有全黑的傍晚时光：我们还可以感到昼，同时已可以感到夜。又好比一脚已跨上船而一脚尚在岸上的登舟时光：我们还可以感到陆，同时已可以感到水。我们在夜里固皆知道有昼，在船上固皆知道有陆，但只是“知道”而已，不是“实感”。我久被初冬的日光笼罩在南窗下，身上发出汗来，渐渐润湿了衬衣。当此之时，浴日的“实感”与挥扇的“实感”在我身中混成一气，这不是可吃惊的经验么？

于是我索性抛书，躺在墙角的藤椅里，用了这种混成的实感而环视室中，觉得有许多东西大变了相。有的东西变好了：象这个房间，在夏天常嫌其太小，洞开了一切窗门，还不够，几乎想拆去墙壁才好。但现在忽然大起来，大得很！不久将要用屏帏把它隔小来了。又如案上这把热水壶，以前曾被茶缸驱逐到碗橱的角里，现在又象纪念碑似地矗立在眼前了。棉被从前在伏日里晒的时候，大家讨嫌它既笨且厚，现在铺在床里，忽然使人悦目，样子也薄起来了。沙发椅子曾经想卖掉，现在幸而没有人买去。从前曾经想替黑猫脱下皮袍子，现在却羡慕它了。反之，有的东西变坏了：象风，从前人遇到了它都称“快哉！”欢迎它进来。现在渐渐拒绝它，不久要象防贼一样严防它入室了。又如竹榻，以前曾为众人所宝，极一时之荣。现在已无人问津，形容枯槁，毫无生气了。壁上一张汽水广告画。角上画着一大瓶汽水，和一只泛溢着白泡沫的玻璃杯，下面画着海水浴图。以前望见汽水图口角生津，看了海水浴图恨不得自己做了画中人，现在这幅画几乎使人打寒噤了。裸体的洋囡囡趺坐在窗口的小书架上，以前觉得它太写意，现在看它可怜起来。希腊古代名雕的石膏模型Venus（维纳斯）立像，把裙子褪在大腿边，高高地独立在凌空的花盆架上。我在夏天看见她的脸孔是带笑的，这几天望去忽觉其容有蹙，好象在悲叹她自己失却了两只手臂，无法拉起裙子来御寒。

其实，物何尝变相？是我自己的感觉变叛了。感觉何以能变叛？是自然教它的。自然的命令何其严重：夏天不由你不爱风，冬天不由你不爱日。自然的命令又何其滑稽：在夏天定要你赞颂冬天所诅咒的，在冬天定要你诅咒夏天所赞颂的！

人生也有冬夏。童年如夏，成年如冬；或少壮如夏，老大如冬。在人生的冬夏，自然也常教人的感觉变叛，其命令也有这般严重，又这般滑稽。

廿四（1935）年双十节晚于石门湾，曾载《中学生》。

爆炒米花[1]

楼窗外面“砰”的一响，好像放炮，又好像轮胎爆裂。推窗一望，原来是“爆炒米花”。

这东西我小时候似乎不曾见过，不知是什么时候开始有的。这个名称我也不敢确定，因为那人的叫声中音乐的成分太多，字眼听不清楚。问问别人，都说“爆炒米花吧"。然而爆而又炒，语法欠佳，恐非正确。但这姑且不论，总之，这是用高热度把米粒放大的一种工作。这工作的工具是一个有柄的铁球，一只炭炉，一只风箱，一只麻袋和一张小凳。爆炒米花者把人家托他爆的米放进铁球里，密封起来，把铁球架在炭炉上；然后坐在小凳上了，右手扯风箱，左手握住铁球的柄，把它摇动，使铁球在炭炉上不绝地旋转，旋到相当的时候，他把铁球从炭炉上卸下，放进麻袋里，然后启封——这时候发出“砰”的一响，同时米粒从铁球中迸出，落在麻袋里，颗颗同黄豆一般大了！爆炒米花者就拿起麻袋来，把这些米花倒在请

---

① 本文系作者生前未发表过的手稿，作者去世后初载于1980年9—10月南京师范学院《文教资料简报》总第105、106期，后收入丰一吟编《缘缘堂随笔集》（浙江文艺出版社1983年5月初版）。

托者拿来的篮子里，然后向他收取若干报酬。请托者大都笑嘻嘻地看看篮子里黄豆一般大的米花，带着孩子，拿着篮子回去了。这原是孩子们的闲食，是一种又滋养、又卫生、又经济的闲食。

我家的劳动大姐主张不用米粒，而用年糕来托他爆。把水磨年糕切成小拇指大的片子放在太阳里晒干，然后拿去托他爆。爆出来的真好看：小拇指大的年糕片，都变得同十支香烟簏子一般大了！爆的时候加入些糖，吃起来略带甜味，不但孩子们爱吃，大人们也都喜欢，因为它质地很松，容易消化，多吃些也不会伤胃。“空隆空隆”地嚼了好久，而实际上吃下去的不过小拇指大的一片年糕。

我吃的时候曾经作如是想：倘使不爆，要人吃小拇指大的几片硬年糕，恐怕不见得大家都要吃。因为硬年糕虽然营养丰富，但是质地太致密，不容易嚼碎，不容易消化。只有胃健的人，消化力强大的人，例如每餐“斗米十肉”的古代人，才能吃硬年糕；普通人大都是没有这胃口的吧。而同是这硬年糕，一经爆过，一经放松，普通人就也能吃，并且爱吃，即使是胃弱的人也消化得了。这一爆的作用就在于此。

想到这里，恍然若有所感。似乎觉得这东西象征着另一种东西。我回想起了三十年前，我初作《缘缘堂随笔》时的一件事。

《缘缘堂随笔》结集成册，在开明书店出版了。那时候我已经辞去教师和编辑之职，从上海迁回故乡石门湾，住在老屋后面的平屋里。我故乡有一位前辈先生，姓杨名梦江，是我父亲的好友，我两三岁的时候，父亲教我认他为义父，我们就变成了亲戚。我迁回故乡的时候，我父亲早已故世，但我常常同这位义父往来。

他是前清秀才，诗书满腹。有一次，我把新出版的《缘缘堂随笔》送他一册，请他指教。过了几天他来看我，谈到了这册随笔，我敬求批评。他对那时正在提倡的白话文向来抱反对态度，我料他的批评一定是否定的。果然，他起初就局部略微称赞几句，后来的结论说："不过，这种文章，教我们做起来，每篇只要廿八个字——一首七绝；或者二十个字——一首五绝。"

我初听到这话，未能信受。继而一想，觉得大有道理！古人作文，的确言简意繁，辞约义丰，不像我们的白话文那么啰里啰苏。回想古人的七绝和五绝，的确每首都可以作为一篇随笔的题材。例如最周知的唐诗："去年今日此门中，人面桃花相映红。人面不知何处去，桃花依旧笑东风。""少小离家老大回，乡音无改鬓毛衰。儿童相见不相识，笑问客从何处来?"这两个题材，倘使教我来表达，我得写每篇两三千字的两篇抒情随笔。"昨日入城市，归来泪满巾：遍身罗绮者，不是养蚕人。""长安买花者，一枝值万钱；道旁有饥人，一钱不肯捐。"这两个题材，倘教我来表达，我也许要写成——倘使我会写的话——两篇讽喻短篇小说呢！于是我佩服这位老前辈的话，表示衷心地接受批评。

三十年前这位老前辈对我说的话，我一直保存在心中，不料今天同窗外的"爆炒米花"相结合了，我想：原来我的随笔都好比是爆过、放松过的年糕！

一九五七年一月二十日作于上海。

晚来天欲雪　能饮一杯无

小雪

11月22—23日

十月中。雨下而为寒气所薄，故凝而为雪，小者未盛之辞。

初候，虹藏不见。二候，天气上升，地气下降。三候，闭塞而成冬。

初雪[①]

早上醒来，看见床上的帐子白得发青。撩帐一看，窗外的屋顶统统变白了！我连忙披衣起身，看见室内静悄悄的，一切都带着银色，好像电影里所见的光景。

盥洗后走出堂前，看见弟弟站在阶沿上，正在拿万年青叶子上的雪塞进嘴里去，笑着招呼我："来吃冰淇淋！"我们吃了一些"冰淇淋"，就被母亲叫去吃早粥。在食桌上，弟弟向母亲要求到外婆家的洋楼里去看雪景。我知道县立中学是昨天放寒假的，叶心哥哥一定已经回家。自从新年别后没有相见过。今天去望望他，一同看雪景，更有兴味。于是我也要求同去。母亲答允了，但吩咐我们路上看滑交。又拿出一包糖年糕，叫我们带送外婆。

街上的雪已被许多人的脚踏坏，弄得龌里龌龊了。只有外婆家旁边的小弄，望去很好看。雪白而很长一条，上面蜿蜒地画着一道脚踏车轮的痕迹。不知那一端通到什么地方？样子很是神秘。

---

① 本篇曾载1936年1月25日《新少年》第1卷第2期。

走进外婆家，看见外婆坐在厅上的太师椅子里，把小脚踏在铜火炉上，正在指挥女仆整理网篮和铺盖。她见了我们，惊喜地说：“这么大雪天，亏你们走了来！”就拉住我们的手，检查我们穿着的衣服。然后指着那网篮铺盖说，“叶心昨天晚上才回家，行李还没有收拾呢。你们到洋房楼上去玩吧。他父子两人正在那里布置房间呢。你娘舅新买来的那种新式椅子，后面空空的，坐上去像要跌跤似的，教我是白送也不要它！你们去看看吧。”我们把年糕送给外婆，就转入厅内，通过走廊，跨上洋房的楼梯。

我们走进房间，看见娘舅和叶心哥哥大家穿着衬衫，卷起衣袖，脸上红红的，靠在窗边端相室内的家具。看见我们进去，叶心哥哥叫道：“你们来得正好！我们方才布置妥当，正想有客人来坐，你们来得正好！”便拉我们去坐。我好久不见娘舅，正想问问安，已被叶心哥哥拉到房间中央一只奇形的玻璃桌子旁边，硬把我按在一只奇形的椅子里了。弟弟也被按在我对面的椅子里。于是娘舅和叶心哥哥也来相对坐下。四个人坐着四只奇形的椅子，围住一张奇形的桌子，好像开什么特别会议。我从看惯了的自己家里出门，走过龌龊的街道，通过外婆的古风的厅堂，忽然来到了这里，感觉得异常新鲜。这房间里的墙壁都作淡青色，壁上挂着银框子的油画。油画下面放着几何形体似的各种桌子，茶几，沙发和书橱。这些家具上面毫无一点雕花，连一根装饰的直线也没有，好像是用大积木搭出来的。尤加奇形的，是我们所坐着的椅子。这些椅子用一根钢管弯成，后面没有脚，真如外婆所说，好像坐上去要跌交似的。但我坐上了，却觉得很舒服。这样新奇的一个房间，被三四个大窗子里射进来的银色的雪光一照，显得愈加纯洁朴素，好似一种梦境。娘舅开始向我们问爸爸姆妈的好，又说他为了美术学校开教授作品展览会，才于昨天回家。为了要布置这些家具，还没有来望我们的爸爸。随后就把这种新家具一样一样地为我们说明。他说："这是很新的一种形式，其特点是省却以前的种种繁琐的装饰，而用朴素的几何形体。旧式的家具，统是弯弯曲曲的线，统是细致的雕花，虽然华丽，但太复杂，看上去不痛快。现代的人，对于一切美术要求其单纯明快。凡不必要的装饰，应该除去。因此家具渐渐地朴素起来。到了现在，就有人造出这种最新的形式来。你们觉得好看吗？"我们都说好看。弟弟指着墙上的自鸣钟惊奇地叫道："咦！这只钟没有数目字的！"我抬头一看，果然看见一个圆形的黑框子里，四周画着十二条粗大的黑线，两只粗大的黑针一长一短地横在中央，此外毫无一物。那十二条粗线中，垂直的两条(十二点和六点)和水平的两条(三点和九点)都是空心的，因此容易认识。我一看就随口说出："九点还差一分。"娘舅得意地笑道："我这里的东西都是奇怪的。但你一看就能说出几点几分，可见奇怪得还有道理。"他笑着立起身来，拿了大衣预备出门，叫叶心哥哥陪我们玩。等他出走了，我们就到窗前来看雪。这楼位在市梢，窗外一片广大的郊原，盖着厚厚的白雪。只有几间茅屋和几株树，各自顶了一头白雪，疏朗朗地点缀着。以前我们在这里所见的繁华的春景，浓重的夏景，和清丽的秋景，现在都不见了。眼前只见明快的一片白色，和单纯的几点黑色。回想起娘舅解释新美术形式的话，我觉得现在室内和室外的景象非常调和，我们好像是特地选择这一天来参观这些新家具的。叶心哥哥的殷勤的招待打断了我的闲想。他拿着一本照片册邀我们看。这里都是他自己拍的照片，取景构图都很好。冲晒也很精洁，衬着黑纸，映着雪窗的光，样子分外美观。翻到后来，忽然展出两张色彩图来。仔细一看，原来是我和弟弟画送他的贺年片。我们要求他把这两张拿出。他说："你们不是把我的画粘在日历上，预备给大家看一年么？"这时候外婆派人来叫我们了。我们就下楼，到厅上来吃年糕。这一天我们在外婆家谈了种种话，吃了中饭，下午方才回家。

回到家里，把在舅家的所见告诉爸爸。爸爸说："各种器物，都有繁简种种形式。大概从前的人欢喜繁，现在的人欢喜简。”他随手拿铅笔在一本拍纸簿上画给我们看，一面说着：“譬如钟，以前用细致的罗马字，后来改用简明的阿拉伯字，现在连阿拉伯字也不要，只用一条线。又如茶杯，花瓶，痰盂等，以前大都用S曲线，后来曲线改简，用括弧形的，或X形的。有时索性不要曲线，而用不并行的直线，或竟用并行的直线。又如椅子，从前的太师椅，曲曲折折，噜噜苏苏。”弟弟指着爸爸描出来的图，插口说：“外婆坐的就是它！”爸爸又描一只椅子，继续说：“不必说外婆，就是你姆妈房里的藤穿椅，脚上一轮一轮的，一段一段的，也噜苏得很。所以后来就不流行，改用直线的脚。再简起来，就是娘舅家的钢管椅子。其他桌子，眠床等，也都有同样的变化。建筑也是如此。旧式房子形式繁复，新式房子形式单纯。将来你们到大都市里去，可以看见许多实例呢。”爸爸放下铅笔，结束地说，“建筑和工艺美术同一潮流。这潮流是从人的思想感情上变出来的。”

姆妈进来了，向我问了些外婆家的情形之后，告诉我们说：“今天上午华明的母亲来过了。她说华明因为早上在庭中的雪地里小便了一下，被华先生骂，说他‘已是五年级生了，毫无爱美的心，敢用小便去摧残雪景？美术科白学了的！’于是罚他在家读书，叫他母亲来我家借一册《阳光底下的房子》去，定要他今天读完，晚上还要考他呢。”弟弟听了，很同情于华明的受罚，轻轻地对我说：“我们明天去望望他？”我点点头。

大雪

12月6—8日

十一月节。人者，盛也。至此而雪盛矣。

初候，鹖鴠不鸣。二候，虎始交。三候，荔挺出。

瑞雪映晴空 儿童塑雪翁 开口笑预祝大年丰（缘缘堂馆藏）

独揽梅花扫腊雪[1]

满天大雪，从去年除夜落起，一直落到今年元旦的朝晨。天井里完全变成白色，只见两株老梅的黑色的树干从雪中挺出，好像一双乌木筷插在一碗白米饭里了。

除了两株梅树以外，还有一个浑身黑色的王老公公。他身穿一件长而厚的黑棉袄，头戴一顶卓别麟式的黑呢帽，脚踏一双长统子的黑钉靴，手拿一把长柄的竹丝扫帚，正在庭中扫雪。他想从大门口直到堂窗边，扫出一条路来。使我们便于进出。他的白胡须映着雪光，白得更加厉害，好像嘴上长着一丛螯骨头似的。我戴了围巾，镶拱了手[2]，立在堂前看他扫雪，心中有些不安。他是爸爸的奶娘的丈夫，今年六十一岁了。只因家中的人统统死去，房子又被火烧掉，他这孤身老头子无家可归，才到我家来作客。爸爸收留他，请他住在大门口的一间平屋里，供给食衣，并且声明“养死他”。我最初听见“养死他”三个字，觉得可怕。这好像是“打死他”，“杀死他”之

---

① 本篇曾载1937年1月10日《新少年》第3卷第1期。

② 镶拱了手，作者家乡话，意即：袖着手。

类的行为。但仔细一想，原来是好意，也就安心了。[①]

他扫到梅树旁边，大概觉得腰酸，一手搭在东边的梅树干上，一手扶着扫帚，暂时站着休息。我觉得这光景可入画：一片雪地里长着一株老梅，梅树上开着同雪一样白的梅花，一个老翁扶着扫帚倚在树旁。这不是一幅很动人的图画么？

但是爸爸从里面出来，向庭中一望，却高声地唱道："噢！ do re mi fa sol la si"

我忍不住笑起来，惊讶地问道："爸爸为什么对着扫雪的王老公公唱了音阶？"

爸爸答道："我们小时候学唱歌，先生教我们唱音阶，'用独、揽、梅、花、扫、腊、雪'七个字。现在王老公公不是在那里'独揽梅花扫腊雪'么？"接着就把这诗句的字义一一告诉我。我把这七字反复地念了两遍，笑道："原来如此！那么，音阶下行时，'雪腊扫花梅揽独'怎么讲呢？"爸爸伸手抚我的头，笑着说："雪腊扫花梅揽独，王老公公做不到，只好你去做了！"说着便离开我，自去同王老公公闲谈了。

我正在独自回想，忽然里面现出一个很新鲜的人影。这是离家半年而昨晚冒雪回来的姐姐的姿态。昨晚她回到家里已是上灯时光，我没有看清楚她。自从暑假开学时相别后，我在白

---

① "养死他"，作者家乡话，意即养他直到老死。

昼的光线中再见她的姿态，现在是第一次。我觉得非常奇怪：在她目前的姿态中，思想感情，态度行为，和语调笑声，仍旧是我的姐姐；而面貌和身体好像另换了一个人。她的面貌比前粗而黑，身体比前长而大，好像不是我的姐姐，而是姐姐的姐姐了。姆妈曾经讲一个故事给我听：有一个人死去，换了另一个人的灵魂而活转来。于是身体原是他自己的，灵魂却换了别人的。现在我的姐姐正和这人相反：灵魂原是她自己的，身体却似乎换了别人的。

但这是久别重逢时暂起的感觉。数分钟后，我就不以为奇。同以前看见她换了一身衣服一样，似乎觉得这不过是表面的变化，无论变得怎样，内容中始终是我的姐姐。在阔别的半载中，我常觉得有许多话要同她说，今日重逢，却又想不出什么话来。我们不约而同地走进半年前曾为我们的美术工作场的厢房间里，在映着青白的雪光的座上相对坐下。我就同她说起刚才爸爸所唱的音阶来。

“刚才我听爸爸说，他小时候唱音阶，唱作‘独揽梅花扫腊雪’。你道好笑吗？

“我曾经见过他小时所用的唱歌书。翻开来第一页上，写着1 2 3 4 5 6 7七个数字，数字下面注着‘独揽梅花扫腊雪’一句诗。我也觉得好笑。从前的人的习惯，欢喜把外国来的名字翻译得像中国原有的一样。其实音阶何必也如此呢。这七个字在外国本来是没有意思的。我听中学里的音乐先生说：“这七个字还没有发明的西洋中世纪时代，有一个宗教音乐的作曲者作一首赞美歌。一共七句。每句乐曲开头的一个音，恰好是音阶顺次上行时的七个音，而每句歌词开头的一个字的第一个缀音，恰好是do，re，mi，fa，sol，la，si。因此后人就用这七个字来唱音阶，称它们为‘阶名’。”

“姐姐！‘音名’和‘阶名’究竟有什么分别？我们小学里的先生没有讲得清楚。”

“你们六年级的音乐是谁教的？”

“还是华明的爸爸——华先生——教的。他教图画教得很好，但是音乐不会教。只管教我们唱，却不教乐理。我到现在还没有明白五线谱的读法呢。”

“五线谱的读法，在乐理中是最机械的最容易的一小部分，一个黄昏也可学会。音乐的性状和组织，才是重要的乐理，学习音乐的人不可以不研究。像你刚才所说的‘音名’和‘阶名’的区别的知识，倒是了解音乐的性状和组织的最初步。这区别很浅显：风琴上的键板，各有固定的名称，CDEFGA或B不可移易。这叫做‘音名’。我们唱音阶时，随便哪个键板都可当作do，即无论哪个音名都可当作Do。这do，re，mi，fa，sol，la，si就叫做‘阶名’，阶名是不固定而可以移易的。这区别不是很浅显的吗？比这更深刻而有兴味的，我觉得还是do，re，mi，fa，sol，la，si七个字的性状。我们的先生教我们一个很有趣的比喻。他说音阶里的七个字，好像一个家庭中的七个人物：do字是音阶中的主脑，最重要，最多用，好比家庭里的主人，故称为‘主音’。sol字与主音最协和，常常辅佐主音奏和声，好比家庭里的主妇，从属于主人，故称为‘属音’。mi字与la宇与主音也很协和，也常辅佐主音奏和声，虽不及主音、属音的重要，却也常用，故mi称为‘中音’，la称为‘次中音’。前者好比这人家的儿子，后者好比女儿。以上四个音在音阶中都是重要的，常用的，犹之父母子女四人都是一家的主人。此外，re附在主音上，称为‘上主音’，好比这人家的男仆。fa附在属音下，称为‘下属音’，好比这人家的女仆。还有一个si是引导一个音阶到其次的一个音阶时用的，称为‘导音’，我们的先生说它好比是这人家的门房。——这比喻真是非常确切，非常有趣……”我听得兴味浓极，不禁打断了她的话，插口说道；

“嗄！你所说的家庭就是我家！爸爸是do，姆妈是sol了，我是mi，你是la，阿四是re，徐妈是fa，新来的王老公公是si。哈哈，我们这音乐的家庭！……”

外面有华明的声音：“恭贺新禧，恭贺新禧！”我和姐姐争先出去迎接，我的话也被他打断了。

劝君更尽一杯酒

冬至

12月21—23日

十一月中。终藏之气至此而极也。

初候，蚯蚓结。二候，麋角解。三候，水泉动。

甘美的回味[①]

有一次我偶得闲暇，温习从前所学过的弹琴课。一位朋友拍拍我的肩膀说道："你们会音乐的真是幸福，寂寞起来弹一曲琴，多么舒服！唉，我的生活太枯燥了。我几时也想学些音乐，调剂调剂呢。"

我不能首肯于这位朋友的话，想向他抗议。但终于没有对他说什么。因为伴着拍肩膀而来的话，态度十分肯定而语气十分强重，似乎会跟了他的手的举动而拍进我的身体中，使我无力推辞或反对。倘使我不承认他的话而欲向他抗议，似乎须得还他一种比拍肩膀更重要一些的手段——例如跳将起来打他几个巴掌——而说话，才配得上抗议。但这又何必呢。用了拍肩膀的手段而说话的人，大都是自信力极强的人，他的话是他一人的法律，我实无须向他辩解。我不过在心中暗想他的话的意思，而独在这里记录自己的感想而已。

这朋友说我"寂寞起来弹一曲琴多么舒服"，实在是冤枉了我！因为我回想自己的学习音乐的经过，只感到艰辛与严

① 本篇曾载1931年9月1日《中学生》第17号。

肃，却从未因了学习音乐而感到舒服。

记得十六七年前我在杭州第一师范[1]读书的时候，最怕的功课是“还琴”。我们虽是一所普通的初级师范学校，但音乐一科特别注重，全校有数十架学生练习用的五组风琴，和还琴用的一架大风琴，唱歌用的一架大钢琴。李叔同先生每星期教授我们弹琴一次。先生先把新课弹一遍给我们看。略略指导了弹法的要点，就令我们各自回去练习。一星期后我们须得练习纯熟而来弹给先生看，这就叫做“还琴”。但这不是由教务处排定在课程表内的音乐功课，而是先生给我们规定的课外修业。故还琴的时间，总在下午二十分至一时之间，即午膳后至第一课之间的四十分钟内，或下午六时二十分至七时之内，即夜饭后至晚间自修课之间的四十分钟内。我们自己练习琴的时间则各人各便，大都在下午课余，教师请假的时间，或晚上。总之，这弹琴全是课外修业。但这课外修业实际比较一切正课都艰辛而严肃。这并非我个人特殊感觉，我们的同学们讲起还琴都害怕。我每逢轮到还琴的一天，饭总是不吃饱的。我在十分钟内了结吃饭与盥洗二事，立刻挟了弹琴讲义，先到练琴室内去，抱了一下佛脚，然后心中带了一块沉重的大石头而走进还琴教室去。我们的先生——他似乎是不吃饭的　早已静悄悄地等候在那里。大风琴上的谱表与音栓都已安排妥帖，显出一

① 指杭州的浙江省立第一师范学校。

排雪白的键板，犹似一件怪物张着阔大的口，露出一口雪白的牙齿而蹲踞着，在那里等候我们的来到。

先生见我进来，立刻给我翻出我今天所应还的一课来，他对于我们各人弹琴的进程非常熟悉，看见一人就记得他弹到什么地方。我坐在大风琴边，悄悄地抽了一口大气，然后开始弹奏了，先生不逼近我，也不正面督视我的手指，而斜立在离开我数步的桌旁。他似乎知道我心中的状况，深恐逼近我督视时，易使我心中慌乱而手足失措，所以特地离开一些。但我确知他的眼睛是不绝地在斜注我的手上的。因为不但遇到我按错一个键板的时候他知道，就是键板全不按错而用错了一根手指时，他的头便急速地回转，向我一看，这一看表示通不过。先生指点乐谱，令我从某处重新弹起。小错从乐句开始处重弹，大错则须从乐曲开始处重弹。有时重弹幸而通过了，但有时越是重弹，心中越是慌乱而错误越多。这还琴便不能通过。先生用和平而严肃的语调低声向我说，“下次再还”，于是我只得起身离琴，仍旧带了心中这块沉重的大石头而走出还琴教室，再去加上刻苦练习的功夫。

我们的先生的教授音乐是这样地严肃的。但他对于这样严肃的教师生活，似乎还不满足，后来就做了和尚而度更严肃的生活了。同时我也就毕业离校，入社会谋生，不再练习弹琴。但弹琴一事，在我心中永远留着一个严肃的印象，从此我不敢轻易地玩弄乐器了。毕业后两年，我一朝脱却了谋生的职务，而来到了东京的市中。东京的音乐空气使我对从前的艰辛严肃的弹琴练习发生一种甘美的回味。我费四十五块钱买了一口提琴，再费三块钱向某音乐研究会买了一张入学证，便开始学习提琴了。记得那正是盛夏的时候。我每天下午一时来到这音乐研究会的练习室中，对着了一面镜子练习提琴，一直练到五点半钟而归寓。其间每练习五十分钟，休息十分钟。这十分间非到隔壁的冰店里喝一杯柠檬刨冰，不能继续下一小时的练习。一星期之后，我左手上四个手指的尖端的皮都破烂了。起初各指尖上长出一个白泡，后来泡皮破裂，露出肉和水来。这些破烂的指尖按到细而紧张的钢丝制的正弦上，感到针刺般的痛楚，犹如一种肉刑！但提琴先生笑着对我说，“这是学习提琴所必经的难关。你现在必须努力继续练习，手指任它破烂，后来自会结成一层老皮，难关便通过了。”他伸出自己的左手来给我摸，“你看，我指尖上的皮多么老！起初也曾像你一般破烂过；但是难关早已通过了。倘使现在怕痛而停止练习，以前的工夫便都枉费，而你从此休想学习提琴了。”我信奉这提琴先生的忠告，依旧每日规定四个半钟头而刻苦练习，按时还琴。后来指尖上果然结皮，而练习亦渐入艰深之境。以前从李先生学习弹琴时所感到的一种艰辛严肃的况味，这时候我又实际地尝到了。但滋味和从前有些不同：因为从前监督我刻苦地练习风琴的，是对于李先生的信仰心；现在监督我刻苦地练习提琴的，不是对于那个提琴先生的信仰心，而是我的自励心。那个提琴先生的教课，是这音乐研究会的会长用了金钱而论钟点买来的。我们也是用金钱间接买他的教课的。他规定三点钟到会，五点钟退去，在这两小时的限度内尽量地教授我们提琴的技术，原可说是一种公平的交易。而且像我这远来的外国人，也得凭仗了每月三块钱的学费的力，而从这提琴先生受得平等的教授与忠告，更是可感谢的事。然而他对我的雄辩的忠告，在我觉得远不及低声的“下次再还”四个字的有效。我的刻苦地练习提琴，还是出于我自己的勉励心的，先生的教授与忠告不过供给知识与参考而已。我在这音乐研究所中继续练习了提琴四个多月，即便回国。我在那里熟习了三册提琴教则本和几曲light opera melodies（轻歌剧旋律）。和我同室而同时开始练习提琴的，有一个出胡须的医生和一个法政学校的学生。但他们并不每天到会，因此进步都很迟，我练完第三册教则本时，他们都还只练完第一册。他们每嫌先生的教授短简而不详，不能使他们充分理解，常常来问我弹奏的方法。我尽我所知的告诉他们。我回国以后，这些同学和先生都成了梦中的人物。后来我的提琴练习废止了。但我时时念及那位医生和法政学生，不知他们的提琴练习后来进境如何。现在回想起来，他们当时进步虽慢，但炎夏的练习室中的苦况，到底比我少消受一些。他们每星期不过到练习室三四次，每次不过一二小时。而且在练习室中挥扇比拉琴更勤。我呢，犹似在那年的炎夏中和提琴作了一场剧烈的奋斗，而终于退守。那个医生和法政学生现在已由渐渐的进步而成为日本的violinist（小提琴家）也未可知；但我的提琴上已堆积灰尘，我的手指已渐僵硬，所赢得的只是对于提琴练习的一个艰辛严肃的印象。

我因有上述的经验，故说起音乐演奏，总觉得是一种非常严肃的行为。我须得用了“如临大敌”的态度而弹琴，用了“如见大宾”的态度而听人演奏。弹过听过之后，只感到兴奋的疲倦，绝未因此而感到舒服。所以那个朋友拍着我的肩膀而说的话，在我觉得冤枉，不能首肯。难道是我的学习法不正，或我所习的乐曲不良吗？但我是依据了世界通用的教则本，服从了先生的教导，而忠实地实行的。难道世间另有一种娱乐的音乐教则本与娱乐的音乐先生吗？这疑团在我心中久不能释。有一天我在某学校的同乐会的席上恍然地悟到了。

同乐会就是由一部分同学和教师在台上扮各种游艺，给其余的同学和教师欣赏。游艺中有各种各样的演，唱，和奏。总之全是令人发笑的花头。座上不绝地发出哄笑的声音。我回看后面的听众，但见许多血盆似的笑口。我似觉身在“大世界”“新世界”[1]一类的游戏场中了。我觉得这同乐会的确是“乐”！在座的人可以全不费一点心力而只管张着嘴巴嬉笑。听他们的唱奏，也可以全不费一点心力而但觉鼓膜上的快感。这与我所学习的音乐大异，这真可说是舒服的音乐。听这种音

① “大世界”和“新世界”是当时上海两个游乐场的名称。

乐，不必用“如见大宾”的态度，而只须当作喝酒。我在座听了一会音乐，好似喝了一顿酒，觉得陶醉而舒服。

于是我悟到了，那个朋友所赞叹而盼望学习的音乐，一定就是这种喝酒一般的音乐。他是把音乐看作喝酒一类的乐事的。他的话中的“音乐”及“弹琴”等字倘使改作“喝酒”，例如说，“你们会喝酒的人真是幸福，寂寞起来喝一杯酒多么舒服！”那我便首肯了。

那种酒上口虽好，但过后颇感恶腥，似乎要呕吐的样子。我自从那回尝过之后，不想再喝了。我觉得这种舒服的滋味，远不及艰辛严肃的回味的甘美。

廿十（1931）年五月七日作。

酒令[1]

我父亲中举人后，科举就废。他走不上仕途，在家闲居终老。每逢春秋佳日，必邀集亲友，饮酒取乐。席上必行酒令。我还是一个孩童，有些酒令我不懂得。懂得的是“击鼓传花”。其法，叫一个不参加饮酒的人在隔壁房间里敲鼓。主人手持一枝花，传给邻座的人，依次传递，周流不息。鼓声停止之时，花在谁手中，谁饮酒。传花时非常紧张，每人一接到花，立刻交出，深恐在他手中时鼓声停止。击鼓的人，必须隔室，防止作弊。有的击鼓人很有技巧：忽而缓起来，好像要停止，却又响起来；忽而响起来，好像要继续，却突然停止了。持花的人就在一片笑声中饮酒。有时正在交代之际，鼓声停止了。两人大家放手，花落在地上。主人就叫这二人猜拳，输者饮酒。

又有一种酒令，是掷骰子。三颗骰子，每颗都用白纸糊住六面，上面写字。第一只上面写人物，第二上面写地方，第三只上面写动作。文句是：公子章台走马，老僧方丈参禅，少妇闺阁刺绣，屠沽市井挥拳，妓女花街卖俏，乞儿古墓酣眠。第

① 本篇曾收入《缘缘堂随笔集》(1983年)。

一只骰子上写人物，即公子、老僧、少妇、屠沽、妓女、乞儿。第二只骰子上写地方，即章台，方丈、闺阁、市井、花街、古墓。第三只骰子上写动作，即走马、参禅、刺绣、挥拳、卖俏、酣眠。于是将骰子放在一只碗里，叫大家掷。凭掷出来的文句而行酒令。

如果手运奇好，掷出来是原句，例如“公子章台走马”，那么满座喝采，大家为他满饮一杯。但这是极难得的。有的虽非原句，而情理差可，则酌量罚酒或免饮。例如“老僧古墓挥拳”，大约此老僧喜练武功；“公子闺阁酣眠”，大约这闺阁是他的妻子的房间；“乞儿市井酣眠”，也是寻常之事。但是骰子无知，有时乱说乱话：“屠沽章台卖俏”，“老僧闺阁酣眠”，“乞儿方丈走马”，……那就满座大笑，讥议抨击，按例罚酒。众口嚣嚣，谈论纷纷，这正是侑酒的佳肴。原来饮酒最怕沉闷，有说有笑，酒便乘势入唇。

小孩子不吃酒，但也仿照这酒令，做三只骰子，以取笑乐。一只骰子上写“爸爸、妈妈、哥哥、姐姐、弟弟、妹妹”；一只骰子上写“在床里、在厕所里、在街上、在船里、在学校里、在火车里”；一只骰子上写“吃饭、唱歌、跳绳、大便、睡觉、踢球”。掷出来的，是“爸爸在床上睡觉”“哥哥在学校里踢球”，“姐姐在船里唱歌”，“哥哥在厕所里大便”，“弟弟在学校里跳绳”，便是好的。如果是“爸爸在床里大便”，“妈妈在火车里跳绳”，“姐姐在厕所里踢球”，那就要受罚。如果这一套玩厌了，可以另想一套新的。这玩法比打扑克牌另有风味。

小寒

1月5—7日

十二月节。月初寒尚小，故云。

初候，鴈北乡。二候，鹊始巢。三候，雉雊。

炉边闲思

我们围坐在炉旁闲谈，偶然翻阅杂志，发见了一张科学界惊闻的照片。据说美国某处的人要把一所三层楼石造巨屋迁移到别处去，将屋下的基地凿断，填以木条和铁棍。用大力拖曳这连地的屋，使在铁棍上滚动，像开车一般。照片上所载的便是正在移动的石屋的样子（照片见《东方》第十三卷第二号）。炉旁的老者们看了这照片，对于这工程十分地惊叹，几乎不能相信。小孩子们听了并不诧异，因为在他们的想象的世界中，这原是不足稀奇的事；但听说房子能像车子般开走，也很高兴。我却由惊叹而转成了怜伤的心情。

我惊叹科学对自然的抵抗力的伟大。古人视为不可能的事，今人一件一件地在那里做到来。佛经里所谓天耳通，天眼通，现代的无线电话和电流照相都可仿佛；《穆天子传》里的八骏日行三万里，在现今的航空家看来也没有什么稀奇了。科学的抵抗自然，好像现今日本的侵略中国，一天进步一天。载着三层楼的大石屋的地皮，都可割断了使它像汽车般开走，由此更进一步，费长房[1]的缩地之方一定不难实现；飞来峰的传说也不足传诵了。科学对自然的抵抗力的伟大，真可惊叹！

但到了夜阑人散，火炉旁边只剩我一人的时候，我继续吟味刚才的话题，又觉得科学的抵抗自然的努力，可怜得很；地壳形成的时候偶然微微凹进了一块，科学就须费数千百人的头脑和气力来营造船舶，才得济渡这凹块。地球行动时微微走近太阳一些，科学就忙煞各种避暑防疫的设备；微微离开太阳一些，又要它忙煞御寒的工作了。假如地球走得高兴，一朝跑出轨道外边去玩玩，使用科学的人类就得全部灭亡，宇宙间更无科学的存在了。科学的抵抗自然，犹之娇儿的占胜两亲。要抱就抱，要携就携，要饼买饼，要糖买糖，都是两亲的恩宠！一旦失却了恩宠而见弃于父母，这娇儿就得死于冻馁，转乎沟壑，再向哪里去撒娇撒痴呢？科学的号称万能而抵抗自然，正像这小孩的对两亲撒娇撒痴，作威作福，怪可怜的！现代都市中的八十余阶的高层建筑，夸称为"摩天阁"（sky scraper)，顾名思义，已是惭愧。一旦失却了自然的恩宠，大地震怒起来，科学只有束手旁观"摩天阁"的倒地和人类的死亡了！这话也许可以触怒科学万能的信徒。但在十年间连逢两次大震灾的日本人听了，一定有切身

① 费长房，东汉方士，相传他有缩地术。

的感动。陶渊明诗云："荣华诚足贵，亦复可怜伤。"现代科学的荣华正是如此。

廿二（1933）年三月九日。[①]

① 发表在《东方杂志》上时，文末所署为：民国二十二年三月九日于石门湾。

吃瓜子[1]

从前听人说：中国人人人具有三种博士的资格：拿筷子博士、吹煤头纸博士、吃瓜子博士。

拿筷子，吹煤头纸，吃瓜子，的确是中国人独得的技术。其纯熟深造，想起了可以使人吃惊。这里精通拿筷子法的人，有了一双筷，可抵刀锯叉瓢一切器具之用，爬罗剔抉，无所不精。这两根毛竹仿佛是身体上的一部分，手指的延长，或者一对取食的触手。用时好像变戏法者的一种演技，熟能生巧，巧极通神。不必说西洋了，就是我们自己看了，也可惊叹。至于精通吹煤头纸法的人，首推几位一天到晚捧水烟筒的老先生和老太太。他们的"要有火"比上帝还容易，只消向煤头纸上轻轻一吹，火便来了。他们不必出数元乃至数十元的代价去买打火机，只要有一张纸，便可临时在膝上卷起煤头纸来，向铜火炉盖的小孔内一插，拔出来一吹，火便来了。我小时候看见我们染坊店里的管账先生，有种种吹煤头纸的特技。我把煤头纸高举在他的额旁边了，他会把下唇伸出来，使风向上吹；我把

① 本篇曾载1934年5月16日《论语》第41期。

煤头纸放在他的胸前了，他会把上唇伸出来，使风向下吹；我把煤头纸放在他的耳旁了，他会把嘴歪转来，使风向左右吹；我用手按住了他的嘴，他会用鼻孔吹，都是吹一两下就着火的。中国人对于吹煤头纸技术造诣之深，于此可以窥见。所可惜者，自从卷烟和火柴输入中国而盛行之后，水烟这种“国烟”竟被冷落，吹煤头纸这种“国技”也很不发达了。生长在都会里的小孩子，有的竟不会吹，或者连煤头纸这东西也不曾见过。在努力保存国粹的人看来，这也是一种可虑的现象。近来国内有不少人努力于国粹保存。国医、国药，国术、国乐，都有人在那里提倡。也许水烟和煤头纸这种国粹，将来也有人起来提倡，使之复兴。

但我以为这三种技术中最进步最发达的，要算吃瓜子。近来瓜子大王的畅销，便是其老大的证据。据关心此事的人说，瓜子大王一类的装纸袋的瓜子，最近市上流行的有许多牌子。最初是某大药房“用科学方法”创制的，后来有什么“好吃来公司”“顶好吃公司”……等种种出品陆续产出。到现在差不多无论哪个穷乡僻处的糖食摊上，都有纸袋装的瓜子陈列而倾销着了。现代中国人的精通吃瓜子术，由此盖可想见。我对于此道，一向非常短拙，说出来有伤于中国人的体面，但对自家人不妨谈谈。我从来不曾自动地找求或买瓜子来吃。但到人家作客，受人劝诱时；或者在酒席上、杭州的茶楼上，看见桌上现成放着瓜子盆时，也便拿起来咬。我必须注意选择，选那较大、较厚、而形状平整的瓜子，放进口里，用臼齿“格”地一咬，再吐出来，用手指去剥。幸而咬得恰好，两瓣瓜子壳各向两旁扩张而破裂，瓜仁没有咬碎，剥起来就较为省力。若用力不得其法，两瓣瓜子壳和瓜仁叠在一起而折断了，吐出来的时候我就担忧。那瓜子已纵断为两半，两半瓣的瓜仁紧紧地装塞在两半瓣的瓜子壳中，好像日本版的洋装书，套在很紧的厚纸函中，不容易取它出来。这种洋装书的取出法，现在都已从日本人那里学得，不要把指头塞进厚纸函中去力挖，只要使函口向下，两手扶着函，上下振动数次，洋装书自会脱壳而出。然而半瓣瓜子的形状太小了，不能应用这个方法，我只得用指爪细细地剥取。有时因为练习弹琴，两手的指爪都剪平，和尚头一般的手指对它简直毫无办法。我只得乘人不见把它抛弃了。在痛感困难的时候，我本拟不再吃瓜子了。但抛弃了之后，觉得口中有一种非甜非咸的香味，会引逗我再吃。我便不由地伸起手来，另选一粒，再送交臼齿去咬。不幸而这瓜子太燥，我的用力又太猛，“格”地一响，玉石不分，咬成了无数的碎块，事体就更糟了。我只得把粘着唾液的碎块尽行吐出在手心里，用心挑选，剔去壳的碎块，然后用舌尖舐食瓜仁的碎块。然而这挑选颇不容易，因为壳的碎块的一面也是白色的，与瓜仁无异，我误认为全是瓜仁而舐进口中去嚼，其味虽非嚼蜡，却等于嚼砂。壳的碎片紧紧地嵌进牙齿缝里，找不到牙签就无法取出。碰到这种钉子的时使，我就下个决心，从此戒绝瓜子。戒绝之法，大抵是喝一口茶来漱一漱口。点起一支香烟，或者把瓜子盆推开些，把身体换个方向坐了，以示不再对它发生关系。然而过了几分钟，与别人谈了几句话，不知不觉之间，会跟了别人而伸手向盆中摸瓜子来咬。等到自己觉察破戒的时候，往往是已经咬过好几粒了。这样，吃了非戒不可，戒了非吃不可；吃而复戒，戒而复吃，我为它受尽苦痛。这使我现在想起了瓜子觉得害怕。

但我看别人，精通此技的很多。我以为中国人的三种博士才能中，咬瓜子的才能最可叹佩。常见闲散的少爷们，一只手指间夹着一支香烟，一只手握着一把瓜子，且吸且咬，且咬且吃，且吃且谈，且谈且笑。从容自由，直是“交关写意！”他们不须拣选瓜子，也不须用手指去剥。一粒瓜子塞进了口里，只消“格”地一咬，“呸”地一吐，早已把所有的壳吐出，而在那里嚼食瓜子的肉了。那嘴巴真像一具精巧灵敏的机器，不绝地塞进瓜子去，不绝地“格”，“呸”“格”，“呸”……全不费力，可以永无罢休。女人们、小姐们的咬瓜子，态度尤加来得美妙：她们用兰花似的手指摘住瓜子的圆端，把瓜子垂直地塞在门牙中间，而用门牙去咬它的尖端。“的，的”两响，两瓣壳的尖头便向左右绽裂。然后那手敏捷地转个方向，同时头也帮着了微微地一侧，使瓜子水平地放在门牙口，用上下两门牙把两瓣壳分别拔开，咬住了瓜子肉的尖端而抽它出来吃。这吃法不但“的，的”的声音清脆可听，那手和头的转侧的姿势窈窕得很，有些儿妩媚动人。连丢去的瓜子壳也模样较好，有如朵朵兰花。由此看来，咬瓜子是中国少爷们的专长，而尤其是中国小姐、太太们的拿手戏。

在酒席上、茶楼上，我看见过无数咬瓜子的圣手。近来瓜子大王畅销，我国的小孩子们也都学会了咬瓜子的绝技。我的技术，在国内不如小孩子们远甚，只能在外国人面前占胜。记得从前我在赴横滨的轮船中，与一个日本人同舱。偶检行箧，发见亲友所赠的一罐瓜子。旅途寂寥，我就打开来和日本人共吃。这是他平生没有吃过的东西，他觉得非常珍奇。在这时候，我便老实不客气地装出内行的模样，把吃法教导他，并且示范地吃给他看。托祖国的福，这示范没有失败。但看那日本人的练习，真是可怜得很！他如法将瓜子塞进口中，“格”地一咬，然而咬时不得其法，将唾液把瓜子的外壳全部浸湿，拿在手里剥的时候，滑来滑去，无从下手，终于滑落在地上，无处寻找了。他空咽一口唾液，再选一粒来咬。这回他剥时非常小心，把咬碎了的瓜子陈列在舱中的食桌上，俯伏了头，细细地剥，好像修理钟表的样子。约莫一二分钟之后，好容易剥得了些瓜仁的碎片，郑重地塞进口里去吃。我问他滋味如何，他点点头连称umai，umai！（好吃，好吃！）我不禁笑了出来。我看他那阔大的嘴里放进一些瓜仁的碎屑，犹如沧海中投以一粟，亏他辨出umai的滋味来。但我的笑不仅为这点滑稽，半由于骄矜自夸的心理。我想，这毕竟是中国人独得的技术，像我这样对于此道最拙劣的人，也能在外国人面前占胜，何况国内无数精通此道的少爷、小姐们呢？

发明吃瓜子的人，真是一个了不起的天才！这是一种最有效的“消闲”法。要“消磨岁月”，除了抽鸦片以外，没有比吃瓜子更好的方法了。其所以最有效者，为了它具备三个条件：一、吃不厌；二、吃不饱；三、要剥壳。

俗语形容瓜子吃不厌，叫做“勿完勿歇”。为了它有一种非甜非咸的香味，能引逗人不断地要吃。想再吃一粒不吃了，但是嚼完吞下之后，口中余香不绝，不由你不再伸手向盆中或纸包里去摸。我们吃东西，凡一味甜的，或一味咸的，往往易于吃厌。只有非甜非咸的，可以久吃不厌。瓜子的百吃不厌，便是为此。有一位老于应酬的朋友告诉我一段吃瓜子的趣话：说他已养成了见瓜子就吃的习惯。有一次同了朋友到戏馆里看戏，坐定之后，看见茶壶的旁边放着一包打开的瓜子，便随手向包里掏取几粒， 面咬着，一面看戏。咬完了再取，取了再咬。如是数次，发见邻席的不相识的观剧者也来掏取。方才想起了这包瓜子的所有权。低声问他的朋友：“这包瓜子是你买来的吗？”那朋友说“不”，他才知道刚才是擅吃了人家的东西，便向邻座的人道歉。邻座的人很漂亮，付之一笑，索性正式地把瓜子请客了。由此可知瓜子这样东西，对中国人有非常的吸引力，不管三七二十一，见了瓜子就吃。

俗语形容瓜子吃不饱，叫做“吃三日三夜，长个屎尖头。”因为这东西分量微小，无论如何也吃不饱，连吃三日三夜，也不过多排泄一粒屎尖头。为消闲计，这是很重要的一个条件。倘分量大了，一吃就饱，时间就无法消磨。这与赈饥的粮食，目的完全相反。赈饥的粮食求其吃得饱，消闲的粮食求其吃不饱。最好只尝滋味而不吞物质。最好越吃越饿，像罗马亡国之前所流行的“吐剂”一样，则开筵大嚼，醉饱之后，咬一下瓜子可以再来开筵大嚼。一直把时间消磨下去。

要剥壳也是消闲食品的一个必要条件。倘没有壳，吃起来太便当，容易饱，时间就不能多多消磨了。一定要剥，而且剥的技术要有声有色，使它不像一种苦工，而像一种游戏，方才适合于有闲阶级的生活，可让他们愉快地把时间消磨下去。

具足以上三个利于消磨时间的条件的，在世间一切食物之中，想来想去，只有瓜子。所以我说发明吃瓜子的人是了不起的天才。而能尽量地享用瓜子的中国人，在消闲一道上，真是了不起的积极的实行家！试看糖食店、南货店里的瓜子的畅销，试看茶楼、酒店、家庭中满地的瓜子壳，便可想见中国人在“格，呸”“的，的”的声音中消磨去的时间，每年统计起来为数一定可惊。将来此道发展起来，恐怕是全中国也可消灭在“格，呸”“的，的”的声音中呢。

我本来见瓜子害怕，写到这里，觉得更加害怕了。

廿三（1934）年四月廿日。

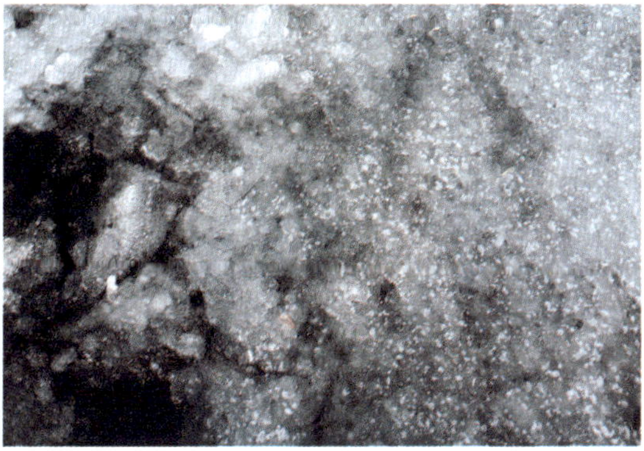

大寒

1月20—21日

十二月中。月半寒则大矣。

初候，鸡乳育也。二候，征鸟厉疾。三候，水泽腹坚。

寄寒衣[①]

“姐姐：

“你的新棉沃已经做好，现在托宋家伯伯带上，请你查收。姆妈叫我写信对你说：这件棉袄虽是丝绵的，但是很薄，现在就可穿了。童子军露营的时候不可不穿。因为我们生在产丝绵的地方，从小穿惯丝绵，严冬穿棉花要伤风，尤其是露营的夜里，姆妈怕厚了穿在童子军装里面太臃肿，所以翻得特别薄，而且裁得特别小，包你穿了不变大胖子。叫你切不可把棉袄藏在箱子里，而只管挨冻。

“关于你的棉袄，我还有一点话对你说。这种衣料叫做‘梅萼呢’，是我同姆妈两人去买的。那天庙弄口新开绸缎店，我同姆妈去剪衣料。剪你的棉袄料时，姆妈叫我选。我看见他们橱窗里的衣料颜色和花样很多，实在无从选起。后来我一想，你是欢喜纯青灰色的，就选了一种没有花纹的‘标准布’，但是姆妈不赞成，说大姑娘家不宜穿得这么素净，青灰不妨，但总要有些花的。就叫我另选‘梅萼呢’，我一看，都

① 本篇曾载1936年12月10日《新少年》第2卷第11期。

是很华丽的。只有一种曲线格子的，最为雅观，就选中了它。姆妈还不赞成，定要换一种梅花的。我说：‘用这种布做了，姐姐一定不要穿，露营回来一定重伤风。’姆妈这才赞成，剪了我所选定的曲线格子的‘梅萼呢’。拿回家里给爸爸看，他说花纹很好。我很欢喜。仔细一看，果然很好。这种曲线格子不知怎样画的。横线和直线都是水浪形，而且相交叉的地方处处一律，毫没一点参差。我用铅笔在纸上画画看，无论如何也画不正确。去问爸爸，爸爸说：‘这是图案画，要用器具画的。’我再问他用什么器具，他说：‘图画仪器！将来我去寻出来教你画。’说了就衔着香烟踱开去。我不再问他。第二天到校，我问华先生，在黑板上把浪纹格子画给他看，问他怎样可以画得正确。他说：‘这要用两脚规画，很难很难，但你们现在不必学这种画。’我也不再问他。后来我把这事对华明说了。第二天华明到他爸爸——华先生——的抽屉里偷出一只两脚规来给我看。我玩玩看，很有趣味。旋一旋，一个圆圈，旋一旋，一个圆圈。用手来描，无论如何描不这样正确。但是你的棉袄上的浪纹格子，用这家伙怎样描得出呢？我想不出，华明也想不出。华明去问他爸爸，他爸爸回答他的话，同我爸爸回答我的话一样搪塞。我不懂得这种浪纹格了的画法，很不舒服，好像有一件事没有做完，常常挂在心头。华明笑我：‘你不晓得的事多得很呢：飞机怎样造，高射炮怎样打，矿怎样开……天下的事，哪里知道得许多呢？’然而我不相信他的话。因为我想，这不过是一种画法，不是那么重大的事。我的要求，不算过分。现在我把这事告诉你，你在中学校，见闻较多，不知能把这种画的方法告诉我吗？

“这封信藏在棉袄袋里，恐怕你不发见，另外在一张纸条上写了‘袋内有信’四个字，放在衣包内。又恐怕你打开衣包时纸条要遗失，又在包面上写了‘内有纸条’四个字。还恐怕你不细看包面上的字，姆妈托宋家伯伯转托宋丽金口头关照‘包面上有字’。你看到了这信，写个回信给我。

你的弟弟如金上言，十二月一日。”

“弟弟：

“宋丽金送给我衣包的时候，再三关照我‘袋内有信’。我读完了信然后看见包内的条子，看见了条子然后看见包上的字。

“寄来的棉袄，我穿上去很称身，而且颜色花纹也都很好。我试穿后，就一直穿上了。露营三天，已经过去。我们在露营中自己烧饭吃，非常有趣。晚上十个人同睡在一个营帐内，大家一身大汗，巴不得有人来偷营，出去透一口气。哪会伤风呢？我现在身体很好，不像从前在家里时那么怕冷怕热。请你对姆妈说，叫她放心。

“衣料的颜色我的确欢喜。花纹也很雅观。画这种花纹，我看了一会，觉得一定可用两脚规画，但怎样画法，一时想不出来。昨天晚上，我特地去问秦先生。她教了我种种有趣的画法。我才知道两脚规这件东西真是妙用无穷。现在我把她所教我的种种画法描成一图，寄给你看梦想你一定很欢喜。同时我又买了一只两脚规寄给你，省得你叫华明去偷。我寄给你的图中，有九个方块，但共有十二种花样，因为其中有三块是每块中含有二种花样的。第一行中的右手旁边的一块，就是我的棉袄上的花纹。这花纹的画法看似复杂，其实很简单。你只要划一张正方形的格子，以任何一个交义点为中心，以一格的对角线为半径，作一个圆。这个圆一定通过八个方格。揩去了相对的每两方格里的弧线，其余相对的每两方格里的弧线，就是相邻的两条浪纹的一部分。你依照图中的格子仔细去看，一定容易悟通这画法。很有规则，很死板，一点不难。你看懂了这种浪纹格子以后，别的花样的画法也都容易看懂，不必我一一细说了。万一有看不懂的地方，可用两脚规去试试看。能够寻出每段弧线的圆心，就容易懂得它的画法了。你看懂了这十二种画法以后，一定会自己创造出种种花样来。只要先划格子，正方的，长方的，斜方的，或者混合的。然后把两脚规的尖脚放在格子的交点上，把两脚规的开度自由伸缩，把弧线的连接自由支配，就可画出无穷的花样来。秦先生说，'织物图案和装饰图案，全靠一只两脚规。'这家伙真是妙用无穷的。

"弟弟！你玩了这家伙，一定趣味很浓，但我要通知你，这不是很难的一种图画。这种画有规则，很呆板，只要细心，谁都会描。反之，像那种写生画，没有一定的规则，而美恶显然不同，这才是美术上的难事，光是细心没有用了。秦先生这样说，我也这样地感到。我觉得画这种画，好比做缝纫，只要耐心，一针一针地缝，总会缝得成功。写生画就不同：不一定要耐心，也不一定要细心。有的时候，耐心了细心了反而不好。用器画注重机械的表现，同一题材，各人所描的结果大致一样，反之，写生画注重个性的表现。十人同画一种水果，画出来的人人不同。所以你倘喜欢用器画，须当它图画的一部分而研究。在工艺美术、实用美术方面，用器画是很重要的。现代的人，有赖于用器画甚多。一切工艺，都是靠了用器画的帮助而制成的。我们大家应该研究这种画法，但这是图画的一部分。除此以外，我们还得研究别种图画。

“年假不到一个月了。我半年不回家，第一次回家时怎样高兴，现在也想象不出。

你的姐姐逢春谨复，十二月四日。

松柏凌霜竹耐寒[1]

寒假中，爸爸的老朋友陆先生来我家作客。他带给我们两只口琴，和两本他自己著作的《口琴吹奏法》。口琴是爸爸托他向上海买来给我们的。《口琴吹奏法》是他送给我们的礼物。但他这一次还要送我们一件更可贵的礼物：就是教我们吹口琴。前几天爸爸写信告诉他，说我和姐姐欢喜音乐，曾把我家的七个人比作一个音阶，很有意味。因此要托陆先生选买两只口琴，由邮局寄来，使寒假中的我家增添一些音乐的空气。陆先生一讲起口琴，兴味同泉水一般涌出来。就回爸爸信，说他本要来同爸爸叙叙，口琴由他亲自带来，并且教我们吹奏。我们收到这封信，全家十分欢迎。爸爸欢迎他的老朋友。姆妈欢迎一切客人，何况是以前曾经同我们在他乡结过邻的陆先生呢？我和姐姐则欢喜我们这位口琴教师和两只新口琴，想不到在此外又得到两册装帧美丽的新书。

① 本篇曾载1937年2月10日《新少年》第3卷第3期。

我们到公共汽车站上迎接他到家，已是上灯时候。他从皮箧里取出口琴和书给了我们，说一声“等一会儿教你们吹”，就同爸爸谈个不休。姆妈忙着烧酒菜，我和姐姐忙着做小圆子，预备给陆先生酒后当点心吃。但一半也为自己要吃。家里打年糕，新磨的糯米粉非常细致，做成黄豆大的小圆子，伴着桔子和糖烧起羹来，非常好吃。我们已经尝试了一次，今天以请陆先生为名，再来吃一顿看。

陆先生同爸爸走出书房间来。爸爸指着我们对陆先生说：“这好比是‘夜雨剪春韭’，等一会儿我们还要‘一举累十觞’呢！”陆先生笑着回答说：“倘使‘十觞亦不醉’的话，等一会儿我们还要‘口琴闹一场’，哈哈哈哈！”我们听说陆先生故作的一句诗，大家笑起来。这首杜甫的诗，姐姐在中学里读过，新近她较于我，我已经读熟．当时我家的情景，真同诗境一样。我们就不约而同地齐声背唱起那首诗采：

人生不相见，动如参与商。
今夕复何夕，共此灯烛光。
少壮能几时，鬓发各已苍。
访旧半为鬼，惊呼热中肠．
焉知二十载，重上君子堂．

昔别君未婚，儿女忽成行。
怡然敬父执，问我来何方。
问答未及已，儿女罗酒浆。
夜雨剪春韭，新炊间黄粱。
主称会面难，一举累十觞。
十觞亦不醉，感子故意长。
明日隔山岳，世事两茫茫。

这首诗好比是晚餐的前奏曲，他们在晚餐的桌上追忆过去，谈种种旧事。有时大家好笑，有时大家叹息。这一餐就遥遥无期地延长起来。我心头抱着一种希望，好像还有一样很好的菜蔬，没有发出来似的。仔细一想，原来是饭后的吹口琴。连忙吃完了饭，跑到厢房里，先去试新。我完全没有吹过口琴，拿了这只光彩夺目的小乐器，却无可如何它。幸而姐姐不久也来了，她在中学里曾经见人吹过，略懂得一点吹法．她就教我．中央一组音阶中各字的位置，do，mi，so1吹，re，fa，1a吸，顺次相间，还容易弄清楚。我们就用最缓慢的拍子，合奏起一只最简单的小曲来。上口很容易，音色很清朗，这真是只可爱的小乐器！

陆先生听见了口琴声，兴致勃发，叫我们跑过去吹给他听。姐姐难为情似地上前说道：

“我们都是完全不曾学过的，请陆先生吃过了酒教我们。”陆先生把酒杯一放，从衣袋中摸出一只吹得很旧了的口琴来，对我们说道：

“你们刚才吹得很好！稍微学一学就更好了。先要学手和口的姿势。手要这么拿琴，口要含住五个孔，这才好加伴奏，使乐曲热闹起来。你们刚才吹的时候，嘴一定张得不大，只含住一两个孔。这样奏出来的只是单音，没有加伴奏，所以音乐比较的单调。倘加了伴奏，音乐要华丽得多。你们听！”

他张大嘴巴，把口琴一口含住，好比花猫拖鱼似的。忽然繁弦急管之声从他的颔下滚滚地流出，一会儿弥漫堂前。满堂的人都听得出神。阿四倚在门上歪着头听，口角上流下唾涎来。音乐抑扬顿挫地经过了种种转折，方始告终。我们大家拍手叫道：“好听，好听！”陆先生把口琴向空中挥两下，用手帕把它一揩，从容地说道：

“这一曲叫做《天国与地狱》，是西洋的名曲。因为加着伴奏，所以好听。加伴奏的方法也很容易知道：嘴巴含住五个洞，用舌头把左方的四个洞塞住，不使发音，单让右方的一个洞震单音。这单音所奏的境是乐曲的旋律．每一拍，舌头故开一次，用有一声与这单音相调和的和弦响出，来辅助那单音，这样就叫加伴奏。”他说过之后又奏一个加伴奏的音阶给我们听，教我们先照此练习。

我们依他的指示练习一下看，果然很容易。而且很好听。在陆先生吃两碗饭的期间中，我们已把音阶的伴奏练得很纯熟。陆先生愈加高兴了，草草地洗一洗面，漱一漱口，就翻开那册《口琴吹奏法》来，说道：

“来，这一曲很容易而且好听，不妨作为初步伴奏练习的乐曲。你们看，画一个尖角的地方，舌头开放一次，我先奏一遭你们听听。

我们看着乐潜听他奏，但见那歌的题目是《自励》，旋律和歌词都很简单。

自　励

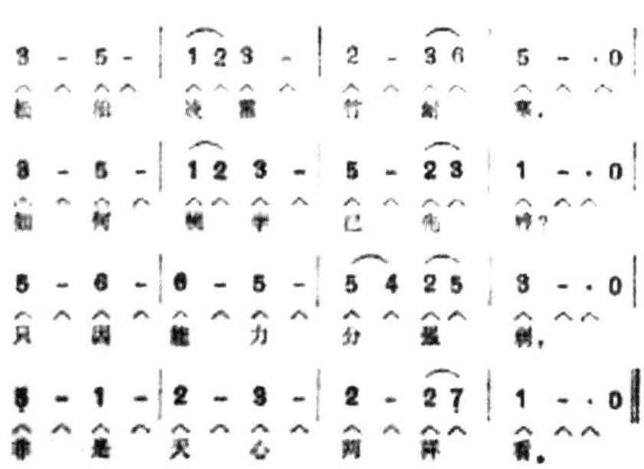

第二遍，我们跟了他吹，居然也跟得上，不过伴奏加得不大均匀。陆先生教我们吹奏时用脚在地上踏拍子，可使伴奏均匀起来。这方法果然很有效。继续练过数遍，我们已能同陆先生合奏，一个字也不脱板了。

我们学会了《自励》之后，又到《口琴吹奏法》中另找简短的乐曲来练习，兴味很好。但是姆妈恐怕我们吹伤了肺，劝我们明天再吹。我们兴味正浓，再三不肯放手。最后姆妈把两只口琴拿去藏好了。

陆先生要同爸爸在书房间里作长夜之谈。我们先睡了。我躺在床里回想这晚上的事，感到两种疑问：第一，口琴伴奏的和弦，顺次排列在口琴上，不是像弹风琴地用手指去选出来的。那么为什么每次都很调和呢?这一定同口琴的构造和乐理有关。我明天要问问陆先生看。第二，寒假中听人唱了不少的乐曲，姐姐把中学校里唱过的歌一一唱给我听。宋慧明和他的姐姐宋丽金唱《渔光曲》和《月光光》给我们听。绰号标准美人的金翠娥又来唱《葡萄仙子》和《毛毛雨》给我们听。这些曲子，有的很长大，有的很复杂，有的很急速，有的很困难。然而我对它的兴味都不很浓，其中像《渔光曲》和《月光光》，听了四肢发软，人几乎要软倒在地上。《葡萄仙子》和《毛毛雨》尤其不堪入耳。我听了连隔夜饭都要吐出来。独有今天陆先生指示我们的那曲《自励》，使我永远不会忘记了。这乐曲那么短小，那么简单，那么缓慢，那么平易，初唱时毫无趣味，然而越唱兴味越深长起来，慢慢地使人认识它所特有的深长伟大的曲趣。别的乐曲被遗忘之后，这乐曲还是可爱地印象在我的脑中。歌词中说；“松柏凌霜竹耐寒，如何桃李已先残。”在我心中的“音乐之园”里，别的曲都好像先残的桃李，这一曲真是凌霜的松柏或耐寒的竹了。这也许和作曲法有关。明天我也要问问姐姐，爸爸，或陆先生看。

图书在版编目（C I P）数据

四时之美：丰子恺节令书 / 丰子恺著 . — 武汉：
长江出版社，2019.7
ISBN 978-7-5492-6573-2

Ⅰ . ①四… Ⅱ . ①丰… Ⅲ . ①散文集—中国—现代②
漫画—作品集—中国—现代 Ⅳ . ① I266 ② J228.2

中国版本图书馆 CIP 数据核字（2019）第 130891 号

四时之美：丰子恺节令书 / 丰子恺 著

出　　版　长江出版社
（武汉市解放路大道 1863 号　邮政编码：430010）
选题策划　天河世纪
市场发行　长江出版社发行部
网　　址　http://www.cjpress.com.cn
责任编辑　钟一丹
印　　刷　北京楠萍印刷有限公司
版　　次　2019 年 9 月第 1 版
印　　次　2019 年 9 月第 1 次印刷
开　　本　880mm×1230mm　1/32
印　　张　8.5
字　　数　180 千字
书　　号　978-7-5492-6573-2
定　　价　49.80 元
